너는 늦게 피는 꽃이다

우리 교육의 마지막 비상구
'돈보스코 예방교육'

너는
늦게 피는
꽃이다

김인숙 지음

차례

1부 영혼의 동반자

2부 인생의 그림자

늦게 피는 꽃에
마침표를 찍지 않는 마음으로

'톤즈의 돈보스코' 이태석 신부

지금도 우리는 영화 〈울지 마 톤즈〉의 주인공, 고㊀ 이태석 신부를 기억합니다. 그 감동의 물결은 본받고 싶은 소망으로 이어져 많은 분들이 그가 남긴 사랑의 삶을 따르고 있습니다.

그의 이름 앞에는 여러 호칭이 붙습니다. 가톨릭 사제, 아프리카 선교사, 교육자, 의사, 음악가, 태양열 기술자 등등 정말 못하는 게 없는 만능인이었습니다. 그는 자신의 모든 능력을 세상에서 가장 오지 중의 한 곳인 머나먼 아프리카 남수단 톤즈 마을사람들에게 사랑이란 이름으로 아낌없이 내어주고 떠났습니다. 그의 장례식 참석차 방한한 톤즈의 한 사제는 이렇게 고백했습니다.

"이태석 신부는 열 명이 할 일을 혼자 척척 다 했습니다. 그는 톤즈에서 불과 8년 동안 선교사 생활을 했지만 사실 80년 동안 봉사한 것이나 마찬가지입니다."

청춘의 나이에 불현듯 떠난 이태석 신부. 남들은 평생을 살아야 할 수 있는 일들을 하기 위해 하루하루 얼마나 바삐 살았을까요. 무엇이 그를 그토록 열정적인 사랑으로 살게 하였을까요.

사랑은 사랑하겠다는 마음만으로 실현되는 것이 아닙니다. 사랑하겠다는 처음 마음을 끊임없이 잡아주는 굳건한 내적 정신이 있어야 합니다. 날마다 사랑을 실천하기 위해 자신을 재촉하고 추스르고, 쓰러지려 할 때 일으켜 세워 다시 시작할 수 있도록 끌어올리는 철저한 자기철학이 있을 때 사랑은 계속될 수 있습니다. 이태석 신부의 사랑은 처음도 끝도 모두 '돈보스코 예방교육 영성'에서 우러나왔음을 저는 너무나 잘 알고 있습니다. 왜냐하면 저 또한 같은 정신으로 살고 있는 살레시오 수도자이기 때문입니다.

아프리카 톤즈에 도착한 후 이태석 신부는 그곳 주민들의 삶에 적극 동참했습니다. 아픈 이들을 고쳐주고 나병환자를 만났습니다. 그러나 그가 가장 만나고 싶어한 대상은 청소년들이었으며, 그들을 위한 학교를 짓는 데 온 힘을 쏟았습니다. 톤즈의 희망은 오직 톤즈의 청소년 교육에 있다고 믿었기 때문입니다.

톤즈만이 그렇겠습니까. 모든 나라의 미래는 그 나라 청소년 교육에 달려 있다는 것은 불변의 진리일 것입니다. 그러나 지금 우리의 교육 현실은 진정 청소년의 마음을 사로잡고 있다고 보기 어렵습니다.

톤즈의 딩카족은 눈물을 가장 수치로 여깁니다. 이태석 신부는 '돈보스코 예방교육'으로 눈물을 보이지 않던 톤즈의 아이들을 기어이 울리고 말았습니다. 이태석 신부가 임종 직전까지 계속 되풀이한 말은 "아이들이 보고 싶다"였습니다. 그러면서 자주 울었습니다. 자신의 목숨이 다할 때까지 아프리카 톤즈의 청소년들을 사랑하고 교육한 이태석 신부는 톤즈의 예방교육자, '톤즈의 돈보스코'였습니다.

핵심 키워드는 관계와 사랑

150여 년 전 이탈리아의 사제 돈보스코가 창립한 '예방교육'은 톤즈의 사례처럼 전 세계적으로 청소년 교육의 위기가 찾아온 지금 세기에도 변함없이 기적 같은 결실을 거두고 있습니다. 어떻게 그런 일이 가능할까요? 본문의 다양한 사례를 통해 그 해답을 확인하실 수 있습니다.

청소년을 사랑한다는 어른들은 많습니다. 그러나 그들이 사랑받고 있다고 느낄 수 있는 사랑인지는 의문입니다. 또 사랑이라고 다 사랑이 아닙니다. 어떤 어른들은 사랑이란 이름으로 청소년을 괴롭히고 있습니다.

눈뜨면 터지는 청소년 문제, 교육의 위기를 극복할 마지막 방법은 '돈보스코 예방교육'이라고 주저 없이 말하겠습니다. 돈보스코 예방교육의 핵심 키워드는 '관계'와 '사랑'입니다. 경쟁을 우선하는 우리 교육 현장에서 가장 간과하기 쉬운 요소들이지요. 그러나 관계가 빠진 교육은 모래 위에 지은 집과 같습니다. 그동안 청소년 교육의 실패를 통해 거듭 확인된 사실입니다.

이 책은 2011년 10월부터 1년 동안 한겨레신문사 인터넷사이트인 〈휴심정〉에 연재되면서 많은 분들의 관심을 받았습니다. 사례를 모으기 위해 먼저 남녀 살레시오 회원들께 원고를 부탁했습니다. 내용이 충분하지 않을 때는 2차 원고를 받고, 첨가할 부분은 직접 찾아가 취재를 했습니다. 원고를 정리하면서 중요하게 다룬 부분은 아이들의 작지만 기적 같은 변화입니다. 그래서 교육자와 아이 사이에 오갔던 대화, 아이의 표정, 반응 등을 놓치지 않고 그대로 살렸습니다. 정리하는 도중에도 거듭 확인 전화를 드려 사례가 왜곡되지 않도록 신경 썼습니다.

이 책을 이 땅의 부모님들, 선생님들의 손에 놓아드립니다. 뿐만 아니라 아이들과 떼려야 뗄 수 없는 필연 관계에 있는 모든 어른들의 필독서가 되길 바라는 마음입니다. 이 책을 통해 청소년의 슬픔과 문제가 끝없이 이어지고 있는 이 땅에서 아이들이 진정 원하는 사랑은 어떤 모습인가, 모든 어른들이 스스로에게 묻는 계기를 갖게 되기를 바랍니다.

감사합니다

책이 나오기까지 수고해주신 분들을 기억합니다.

먼저, 시대의 울림에 깨어 있는 한겨레출판(휴)에 깊은 감사를 전합니다.

글을 쓸 수 있도록 시간과 공간을 마련해주신 수도회와 마음으로 동반해주신 수녀님들께 감사드립니다. 사례를 제공해주신 살레시오 신부님, 수사님, 수녀님들께 진심으로 감사드립니다. 하마터면 밭에 묻힐 뻔한 소중한 보물을 캐낸 듯한 희열이었습니다.

시도 때도 없는 부탁을 늘 해결해주신 백준식 수사님, 감사합니다.

새로운 사례들을 먼저 읽고 격려와 조언으로 함께해준 강순미 선생님, 감사합니다.

미처 찾아뵙지 못하여 책에 담지 못했지만, 돈보스코 예방교육 영성으로 오늘도 현장을 지키고 계시는 살레시오 회원들과 동역자님,

죄송하고 감사합니다.

　교육의 붕괴라는 소리에도 일선에서 아이들과 함께하는 모든 선생님들께 머리 숙여 감사드립니다.

　마지막으로 예방교육을 온 몸으로 살다 간 이태석 신부의 말을 다시 새겨봅니다.

　"저의 뿌리는 돈보스코 예방교육입니다. 저는 예방교육을 결코 잊지 않습니다."

　모든 청소년들은 피어오르는 꽃입니다.
　그 꽃들은
　일찍 피는 꽃
　제때에 피는 꽃
　그리고 늦게 피는 꽃이 있습니다.

　다른 꽃들에게 자리를 다 양보하고
　맨 나중에 피는 국화처럼
　늦게 피는 그 꽃은
　숨은 듯 향기가 깊고 그윽하며
　서릿발에도 버티어
　일찍 지지 않습니다.

돈보스코 예방교육은

늦게 피는 꽃에

마침표를 찍지 않습니다.

2012년 12월

김인숙

돈보스코 예방교육 영성

돈보스코 예방교육은 150년 전 이탈리아의 사제인 돈보스코가 창안한 교육 방법이자 영성입니다. 돈보스코는 19세기 산업혁명의 여파로 큰 갈등과 혼란을 겪고 있던 청소년들에게 희망의 등불을 밝힌 위대한 교육자였습니다. 그는 '예방교육'이란 자기만의 독특한 교육 방법으로 도움이 필요한 청소년들을 위해 일생을 바쳤습니다.

교육Educare이란 '밖으로 이끌어내다'라는 뜻을 담고 있습니다. 즉 교육은 청소년들이 이미 간직하고 있는 탁월한 능력이나 잠재력, 숨어 있는 재능을 알아보고 그것을 밖으로 이끌어 발전시켜 완성해가도록 돕는 것을 뜻합니다.

예방을 뜻하는 라틴어 동사 'praevenire'는 '미리 시작하다', '앞에 가 있다', '지원하다', '준비하다'란 의미를 담고 있습니다. 따라서 예방교육은 교육자가 학생들보다 미리 교실에 도착하여 그들을 환대하는 교육입니다. 뒷짐 지고 서서 학생들을 시키기만 하는 것이 아니라 먼저 움직이고 솔선수범하는 교육입니다.

예방교육이 다른 교육방식과 명백히 차별화되는 또 한 가지는 교육자가 청소년들과 멀찌감치 떨어져 있는 것이 아니라 다정다감한 친구요 스승이요 아버지가 되어 나란히 걸어가는 교육이라는 점입니다. 교육자와 청소년 사이에 맺어지는 돈독한 우정 관계를 통해 청소년들의 마음에 평생 잊지 못할 추억의 사진 한 장을 남겨주는 교육입니다. 그래서 언젠가 사회로 나간 그들이 인생의 역풍에 시달릴 때 그 교육자를 떠올리고 함께했던 아름다운 그때를 그리워하며, 다시금 힘을 내게 하는 교육입니다. 청소년들의 가슴팍에 확실한 감동의 도장을 새긴 교육자 또한 변화되는 그들의 모습에 감동해 어려운 동반의 길을 멈추지 못합니다. 이것은 돈보스코 예방교육의 기쁨이며 마력이기도 합니다.

교육자는 예방교육을 구성하는 세 가지 핵심 요소인 합리적인 이성, 양심(종교적 심성), 감응하는 사랑으로 청소년들이 사랑받고 있다고 느낄 때까지 사랑합니다. 그리하여 무한한 인내와 자기희생으로 성화된 교육자는 청소년들을 정직한 사회인으로, 참 그리스도인으로 이끌어줍니다.

청소년의 정의를 살펴보면 청소년기본법에는 9세부터 24세, 청소년 보호법에는 19세 미만, 아동복지법에는 18세 미만으로 되어 있습니다. 돈보스코 예방교육은 이 모든 청소년을 아우릅니다.

1부

영혼의 동반자

"사랑받고 있다는 것을
아는 사람은 사랑하게 됩니다.
그리고 청소년의 사랑을 받는 사람은
청소년들에게서 모든 것을 얻어냅니다.
이러한 신뢰는 청소년과 웃어른들 사이에
전류가 흐르게 합니다.
마음이 열리고, 그들의 필요를 알게 해주고,
자신들의 결점을 드러내게 합니다."

- 돈보스코

내 마음의 반 고흐

이제 저를 위해 기도하지 않으셔도 돼요. 저는 괜찮아요.

수녀님의 기도가 더 필요한 아이들을 위해서 기도해주세요.

...

　수도자는 떠남에 익숙한 사람들이다. 머물던 자리에 미련 두지 않고, 소임지가 바뀌면 언제나 떠나는 길 위에 서는 사람들이다. 어제까지 소중히 여겼던 일과 살갑게 정을 나누던 이들을 두고 담담히 그들은 일어난다. 최소한의 일상품만 들고 하얀 백지 시험지 한 장을 받아든 마음으로 새로운 소임지로 발길을 돌린다.

　남민영 올리바 수녀는 제주공항 국내선 대합실 의자에 앉아 있다.

오전에 출발하는 김포행 비행기를 타기 위해서다. 밖이 훤히 내다보이는 넓은 유리창을 통해 도로 양쪽에 서 있는 야자나무들을 유심히 바라본다.

4년 전, 비행기를 타고 한 시간 만에 도착한 제주도는 나라 안의 가까운 섬이었다. 그러나 공항에서 만난 저 이국적인 야자수는 자신이 아주 멀리 떠나왔다는 기분이 들게 했다. 그리고 살면서 만난 제주의 자연들, 하늘과 별과 달, 바람과 돌담들, 옥빛 바다는 그녀에게 잊혀져가는 인간 본연의 그 순수한 모습을 갈망하게 했다.

올리바 수녀가 가장 좋아했던 제주의 자연은 '오름'이다. 사방 천지에 소똥과 말똥이 널려 있고, 민들레 짝퉁인 개민들레가 자기 세상인 듯 피어 있는 오름. 그녀는 가장 낮은 이들에게 이부자리를 깔아주는 둥근 오름의 넓고 편안한 마음을 닮고 싶었다.

전광판 시계를 보며 탑승시간을 확인한다. 보안 검색을 받고 탑승구를 통과하기 위해 승무원에게 표를 내민다. 기내로 들고 들어가는 그녀의 이동가방 안에는 수도자가 가지고 떠나는 최소한의 물품, 그리고 제자인 소영이가 준 그림이 들어 있다.

소영이는 그녀가 교직 생활에서 만난, 아픈 꽃 한 송이였다. 올리바 수녀는 어딜 가든 소영이의 그림은 늘 가지고 다닐 것이다.

새내기 교사 앞에 나타난 아픈 꽃 한 송이

제주의 바람을 뚫고 아침마다 아이들을 만나러 학교로 향하는 올리바 수녀의 발걸음은 가뿐했다. 마치 보고 또 봐도 보고 싶은, 사랑하는 애인을 만나러 가는 양 콩닥콩닥 설레는 나날이었다. 그런 그녀 앞에 어느 날 소영이는 피눈물을 흘리며 애처롭게 서 있었다.

새 학기가 한 달 정도 지난 4월 초, 교무실에 앉아 있는데 아이들이 우르르 달려와서 소리쳤다.

"수녀님! 소영이가, 소영이가 칼을 들고서…… 칼을……. 무서워요. 어떻게 해요?"

덜컥, 심장이 내려앉은 것 같은 놀라움. 동시에 올리바 수녀는 뭔가 올 것이 왔구나 하는 생각이 들었다. 그녀는 의자를 넘어뜨리며 일어나 교실로 달려갔다. 복도 사물함 주변에 아이들이 모여 있었다. 소영이는 왼손에 문구용 칼을 들고 사물함에 기대어 울부짖고 있었다. 그녀는 소영이에게 천천히, 천천히 다가갔다. 그리고 말없이 가만히 끌어안아주었다. 소영이는 키 큰 올리바 수녀의 품에서 한참을 울었다. 소영이의 등이 몹시 흔들렸다.

그러니까 꼭 한 달 전, 고교 1학년 첫 담임이 되어 첫 수업을 시작한 날이었다. 아직 이름도 파악하지 못한 아이들 중의 한 명인 소영이가 교무실로 그녀를 찾아왔다. 그리고 자신의 심정을 털어놓았다.

"저는요…… 제 자신이 무서워요. 저도 모르게 자꾸 면도칼을 들고 손목을 그어요. 제 자신을 어떻게 해야 할지 모르겠어요."

소영이의 고백은 충격이었다. 놀라움으로 막막하기만 한 그녀는 제자를 어떻게 해야 할지 모르는 무방비 상태의 교사였다. 처음으로 그녀는 교사로서의 무능함을 깨치고 인정해야 했다.

이제 소영이가 살 수 있겠구나

엄마의 스무 살 불장난 사랑으로 태어난 소영이는 철없고 애정 없는 엄마 손에 양육되었다. 결국 부모는 소영이가 중3 때 이혼을 했으며 아이는 엄마 밑에서 자랐다. 매우 현실적 사고형의 엄마와 감수성이 예민한 소영이는 서로에게 부딪치는 걸림돌이었다.

소영이는 솟구쳐 올라오는 감정들을 꾹꾹 억누르다 참을 수 없으면 자신의 힘든 상태를 자해로 보여주었다. 엄마와 소영이 사이의 감정의 골은 너무 깊었다. 대화가 단절된 지도 이미 오래였다. 소영이는 깊은 우울증을 앓고 있었다.

올리바 수녀는 소영이를 데리고 상담실을 찾았다. 검사 결과 아이의 우울증 정도가 심각하다며 약물복용을 권했다. 그녀는 소영이에게 조심스럽게 말했다.

"소영아, 약을 먹기는 하되 의지로 함께 극복해보자. 수녀님도 힘들 때마다 도와줄게."

대답 없는 소영이. 그러나 얼굴에는 하겠다는 결의가 엿보였다. 그 후 소영이는 수업시간에도 억누를 수 없는 충동이 일거나, 땅이 꺼지는 듯한 기분이 들 때면 교무실로 찾아왔다. 그때마다 올리바 수녀는 소영이의 손을 꼭 잡아주고 옆에 의자를 마련하여 앉아 있게 했다. 그렇게 며칠을 보내던 어느 날 소영이가 말했다.

"수녀님, 저 오늘부터 수업 안 들어가고 그냥 여기 계속 있으면 안될까요?"

아예 수녀님이 있는 교무실에 와 있겠다는 뜻이다. 그녀는 두말 않고 빈 책상과 의자를 마련해주었다. 그날부터 소영이는 담임인 올리바 수녀 옆에서 자기 할 일을 했다. 자유롭게 책을 읽다가 답답하면 운동장을 돌고 오기도 했다.

올리바 수녀는 소영이가 수업을 듣고 싶을 때만 교실에 들어가도록 배려했다. 그때를 돌이켜보니 한 학생이 아침부터 계속 교무실에 앉아 있는데도 자신과 뜻을 같이하여 불편함을 참아준 주변 선생님들이 참으로 고맙기만 하다. 그분들도 소영이가 스스로 수업에 들어가겠다고 할 때까지 기다려준 것이다.

그러던 어느 날 미술 교사가 그녀에게 그림 한 장을 보여주면서 말했다.

"이거 소영이가 그린 건데요, 제가 아이들 그림 실기에 만점을 잘 주지 않거든요? 그런데 소영이 그림에는 만점을 주고 싶어요."

그녀는 놀란 눈으로 그림을 살펴보았다. 계속 이어지는 미술 선생님의 말씀에 귀 기울이면서.

"소영이 작품에는 영혼이 살아 있는 게 보여요. 타고난 재능이 있는 것 같아요."

한 줄기 강한 빛이 스치고 지나갔다. '아, 이제 소영이가 살 수 있겠구나'라는 확신이었다. 그녀는 당장 소영이를 만났다.

소영이의 테오가 되기로 결심하다

"소영아, 너 그림 그리는 거 좋아하니?"

"네, 어릴 적부터 혼자 그림 그리기 좋아했어요."

"그럼 장래 희망을 미술 쪽으로 생각해본 적은 없니?"

"아니요. 그냥 취미로 그리는 걸 즐길 뿐이에요."

"미술 선생님이 그러시는데 소영이 그림에서 특별함이 느껴진대. 수녀님이 보기에도 네가 재능이 있는 것 같아. 열심히 노력해서 잘하는 사람도 있지만 타고난 재능이 있다면 그걸 통해 더 행복해질 수 있어. 수녀님은 네가 진지하게 그림에 대해 생각해보고 진로를 정하면 좋겠는데, 어떠니?"

"엄마가 싫어하실 거예요. ……그리고 자신도 없구요."

이 말을 하고 소영이는 시든 풀처럼 고개를 떨구었다. 하지만 올리바 수녀는 물러서지 않았다. 맥없는 겉모습과는 달리 아이의 눈빛은 이미 열망하고 있음을 보았기에.

"하지만 좋아하는 일을 하면서 인생을 살아갈 수 있다면 그만큼 행복한 건 없어. 그리고 소영이 그림을 통해 많은 사람들에게 희망을 줄 수도 있어. 희망 말이야."

며칠 후 소영이는 예전 미술 선생님한테 칭찬받은 카드 한 장을 들고 왔다. 카드 속에는 소영이가 다섯 살 꼬마였을 때 책상에 앉아 그림을 그리고 있는 사진 한 장이 끼워져 있었다. 뒷면에는 이렇게 적혀 있었다.

'제가 어릴 적에도 그림 그리기를 좋아했었나 봐요.'

그녀는 제자를 위해 사람들을 찾아 나섰다. 먼저 딸에 대한 불만이 많던 엄마의 마음을 열게 하고, 주변 사람들에게 소영이가 본격적으로 그림에 열중할 수 있도록 물적 도움을 달라고 적극 호소해 결국 소영이를 미술학원에 등록시켰다.

서양 미술사상 가장 위대한 인상파 화가 빈센트 반 고흐. 그는 그림 재료를 사느라 평생 동생 테오의 도움을 받았다. 테오는 형의 일생 동안 생활비를 보내주었다. 아무 불평도 없이……. 올리바 수녀는 소영이가 지금부터 그림에 열중할 수 있도록 제자의 인생을 힘껏 동반해주고 싶었다. 반 고흐의 동생 테오처럼.

그날 이후 소영이는 연습장에 스케치를 시작했고 틈틈이 그린 그림을 올리바 수녀에게 선물했다. 그녀는 소영이가 그림을 가져오면 그림 위에 꼭 사인을 하게 했다.

"수녀님, 이거 선물이에요."

"와, 멋있다. 자, 여기 사인해야지! 너는 분명 훌륭한 화가가 될 텐데 그때 이 그림이 얼마나 비싸지겠니?"

소영이는 그 선한 웃음을 지으며 기쁘게 사인을 했다.

"이젠 저를 위해 기도하지 마세요"

고1을 마치는 종업식 날, 소영이는 또 한 장의 그림을 그녀에게 내밀었다. 도화지 안에는 담임인 그녀가 환하게 웃고 있었다. 그리고 소영이가 준 카드에는 다음과 같이 쓰여 있었다.

수녀님, 이제 저를 위해 기도하지 않으셔도 돼요. 저는 괜찮아요. 수녀님의 기도가 더 필요한 아이들을 위해서 기도해주세요.

그 사이 소영이는 조금씩 안정을 찾았으며 우울증 약도 먹지 않고 자기 의지로 이겨내겠다고 선언했다.

학년이 바뀌어 소영이는 고2가 되었고 새로운 담임을 만났다. 올리바 수녀의 책상 옆에 임시로 놓였던 작은 책상과 의자도 사라졌다. 다만 소영이는 일주일에 한두 번 쉬는 시간이나 점심시간에 옛 담임인 그녀를 찾아와, "이번 시험은 정말 꽝 쳤어요, 친구랑 싸웠어요" 등등 시시콜콜한 이야기를 나눴다. 그녀와 소영이는 편한 친구처럼 하하, 호호 웃고 떠들다 헤어지곤 했다.

여전히 소영이는 가끔씩 습작을 가지고 왔으며, 그녀 또한 어김없이 사인을 받아두었다. 그녀는 훗날, 그림에 소질을 보이는 또 다른 제자가 절망에 빠져 있을 때 이 그림들을 보여주면서 말할 것이다.

"그 유명한 화가 김소영 씨 알지? 이 그림, 그 화가가 고등학교 때 그린 거야. 수녀님 제자였다니까? 그 화가도 한때는 인생을 포기하고 싶을 정도로 절망한 적이 있어. 그런데 어려움을 잘 극복하고 자기 재능을 찾아내 열심히 노력했기에 오늘 유명한 화가가 될 수 있었던 거야. 사람은 누구나 넘어질 때가 있어. 너도 할 수 있어. 난 너를 믿어."

그녀는 소영이가 고등학교를 졸업하고 미대에 진학하도록 동반해 주었다.

아이들과 함께한 남민영 올리바 수녀

"아이들을 사랑하는 것만으로는 부족합니다.

그들 자신도 사랑받고 있다는 것을 알게 해야 합니다."

– 돈보스코

옷을 벗고 길이 되어주는 제주의 오름처럼

상륙을 알리는 기내방송에 이어 비행기가 움직이기 시작했다. 올리바 수녀는 언젠가 제주 토박이 할머니가 해준 말을 떠올린다.

"사람들이 처음에는 제주에 오기 싫엉 울고, 나중에는 가기 싫엉 웁니다."

비행기 창밖으로 아래를 내려다본다. 서로에게 옷을 벗어주고 길이 되어주는, 삶을 가르쳐준 제주의 자연들이 눈앞에 펼쳐진다. 겨드랑이를 벌리고 바람의 길을 도와주는 제주의 돌담들, 소똥, 말똥, 개민들레를 비롯한 세상 못난이들의 보금자리가 되어주는 제주의 오름들, 달과 별들을 위해 더욱 파란 하늘, 그리고 옥빛 바다와 하얀 파도…….

그녀가 제주를 떠난 그해 가을, 새내기 미대생인 소영이의 첫 작품 전시회 팸플릿이 우편으로 도착했다. 올리바 수녀는 봉투를 뜯고 팸플릿을 펼쳤다. 팸플릿 중앙에는 두 사람의 다정한 얼굴을 돌로 조각한 사진이 담겨 있었다. 조소과 1학년 소영이의 작품이었다. 이어서 그녀의 두 눈은 팸플릿의 두 글자에 멈추었다. 그녀는 미소를 지으며 한참 그 자리에 서 있었다. 소영이의 첫 작품 전시회 제목은 '동행'이었다.

돈보스코 예방교육 영성

예방교육의 핵심은 교육자의 현존입니다.

돈보스코는 청소년들이 그들 안에 심어놓으신 하느님의 계획, 자신들의 꿈을 실현하도록 도왔습니다. 그는 청소년들의 영혼 안에 잠재된 무한한 가능성, 즉 탁월한 능력이나 숨어 있는 재능을 발굴하여 밖으로 끌어낸 기술자였습니다.

예를 들어, 갈리에로 추기경은 어릴 적 돈보스코 기숙사에서 살았습니다. 워낙 놀기 좋아하고 한 자리에 가만있지 못하는 꼬마 갈리에로는 어느 날 교사의 손에 붙들려 돈보스코 사무실로 보내졌습니다. 원고를 쓰느라 너무너무 시간이 없던 돈보스코는 갈리에로에게 거기 잠깐 가만히 앉아 있으라고 했습니다. 그런데 꼬마는 어느새 돈보스코의 책상 밑에 들어가 손가락으로 피아노 연주를 하며 놀았습니다. 이 모습을 본 돈보스코는 평소에도 부서진 나무 막대기를 치며 피아노 연주를 즐기는 꼬마 갈리에로의 타고난 음악적 재능을 알아보고선 그에게 정식으로 피아노를 배우게 합니다. 그 후 갈리에로는 교회 전례음악의 대가, 그리고 살레시오수도회 사제에 이어 가톨릭교회의 추기경이 됩니다.

이처럼 청소년들에게는 그들의 내적 잠재력을 이끌어낼 수 있는 교육적 분위기와 성숙한 교육자의 '현존^{Assistenza}'이 필요합니다. 교육자의 '현존'은 진정한 동반을 말합니다. 이는 예방교육의 중요한 철칙입니다. 진정한 동반은 청소년들과 공간적으로 함께하는 육체적 현존뿐 아니라, 마음과 정신이 함께하는 영성적 현존까지 포함합니다.

소영이는 현재

미대 졸업반이 되었으며

올리바 수녀의 가방에는

소영이 사인이 담긴 그림들이

점점 늘고 있습니다.

끊어진 탯줄 잡고 엄마 찾아 삼만리

엄마, 저 엘라예요. 다시 돌아오실 거죠?

수녀님께 할 말이 정말 많은데 다 듣고 가셔야죠.

…

지금도 최해옥 마리스텔라 수녀는 엘라가 부산나자렛집˙에 온 첫
날 저녁식사 시간을 기억하고 있다. 엘라는 초등학교 3학년이었다.
발육이 아주 늦은 왜소한 몸집에 작은 키의 소녀는 식사가 끝나자마
자 얼른 싱크대로 달려가 설거지를 했다.

'처음 온 아이가 저렇게 눈치 빠르게 행동하다니…….'

엘라는 자기 키보다 높은 싱크대 앞에 까치발을 하고 있었다. 해옥

수녀는 안쓰러운 마음으로 엘라를 불렀다.

"엘라야, 설거지 안 해도 돼. 여기 와서 앉아라."

엘라의 대답은 애어른이었다.

"아니에요. 여자는 엉덩이가 무거우면 안 된다고 했어요."

상 위에는 몇 숟가락도 뜨지 못한 엘라의 밥그릇이 덩그렇게 놓여 있었다. 그날만이 아니라 엘라는 밥 한 그릇을 제대로 비우지 못했다. 먹으면 토했다. 아빠와 단 둘이 여관, 여인숙, 컨테이너박스를 전전하며 끼니로 자장면이나 김밥, 아이스크림, 빵만 먹어온 탓이다. 그녀는 이유식을 시작하듯 엘라에게 밥 먹는 훈련부터 시켜야 했다.

엄마가 누군지도 모르는 엘라의 상상력은 국경도 뛰어넘었다.

"우리 엄마와 아빠는 프랑스에 있는 일류 호텔에서 결혼했고요, 거기서 첫날밤을 맞았는데 그때 나를 낳았어요."

기분 좋은 날이면 거울을 앞에 놓고 엘라는 혼자 거울과 말하며 놀았다.

"거울아, 거울아, 세상에서 누가 제일 예뻐? 그럼 그렇지? 엘라지? 호호호호."

거짓말은 아니었다. 까만 피부에 얼굴이 주먹만 한 엘라는 질퍽한 삶이 담긴 한 알의 흑진주 같았다.

하지만 엘라가 온 뒤로 나자렛집은 바람 잘 날이 없었다. 말 빠른 재담가이자 태생적 춤꾼인 엘라가 몰고 오는 바람은 꽃바람, 산들바람, 하늬바람, 솔솔 부는 바람으로 즐거울 때도 있었으나, 사랑과 관심, 칭찬을 혼자 독차지하고자 하는 엘라가 판을 깨면 아이들과 수녀들은 눈도 못 뜨는 황사바람, 싹쓸바람을 맞고 동서남북으로 휘청거렸다.

아흔아홉 마리 양을 두고 한 마리 양을 찾아

엘라는 늘 해옥 수녀의 사랑을 보챘다. 7~8명 아이들에게 고루 나눠주는 그녀의 사랑에 목이 탔다. 엘라는 그 갈증을 밖에서 해소했다. 집 밖에서 보내는 하루가 이틀이 되고, 이틀이 일주일로, 그 다음에는 한 달로 길어졌다. 엘라의 얼굴은 이제 밖에서 찾기가 더 쉬웠다. 엘라 외의 아이들은 말썽 없이 조신한가 하면 그것도 아니다. 하지만 다른 아이들은 어느 정도 집에 붙어 있으면서 속을 썩이는데, 그녀 눈에 보이지 않는 엘라의 경우엔 나가서 어떻게 사는지 늘 불안했다.

도대체 집 밖의 그곳은 어디일까? 어느 날 그녀는 수소문 끝에 그곳을 찾아갔다. 버스를 타고 부산에서 가장 하늘과 가까운 달동네에서 하차했다. 그녀는 빌딩처럼 높은 계단을 헉헉거리며 간신히 올라갔다. 거기가 끝이 아니었다. 땅바닥이 휘청하여 한손으로 벽을 짚으며 좁은 골목을 굽이굽이 지났다. 더 이상 갈 수 없는 골목과 바로 연결된 문을 열었다. 열자마자 보이는 낮은 툇마루 옆구리에 휴대용 버너, 냄비, 라면 껍질이 널브러져 있었다. 방은 미닫이를 사이에 두고 두 칸이었다. 집에 가도 보살펴줄 사람이 없는 남녀 아이들이 거기서 머물렀다.

"전 여기가 편해요. 다 같은 처지니까요. 그래서 우리는 서로 위로해줘요."

그러면서도 엘라는 나자렛집을 아주 떠나지는 않았다. 불현듯 새벽 2시, 3시에 전화를 걸어 "수녀님, 힘들어요" 하는 엘라의 하소연에 그녀는 늘 세 가지를 당부했다.

"너는 소중한 사람이니 몸조심해라. 수녀님은 너를 믿는다. 우리 기도하자."

엘라가 다시 집에 들어오겠다는 사인을 보내면 그녀는 지체 없이 차를 몰고 달렸다. 조금이라도 늦으면 기다려주지 않기에 엘라가 없는 밤이면 그녀는 수도복을 입고 자는 날이 많았다.

엘라로 인해 함께 사는 수녀들과 갈등도 많았다. 또 엘라가 다른 아이들에게 끼치는 영향도 참으로 컸다. 그러나 포기할 수 없었다. 다수를 위해 엘라를 보낼 수 있는 게 우리의 일반적 논리다. 하지만 때론 아흔아홉 마리의 양을 놔두고 한 마리의 양을 찾아 떠나는 마이너스 바보 논리를 선택하는 것이 교육이며 또한 교육자의 자세다. 해옥 수녀는 엘라를 위해 이 신념을 지키려 했다.

그래서 엘라를 보내자는 그들을 설득하고 도움을 청했다. 단 한 사람이라도 엄마처럼 자기를 믿어주는 이가 있다면 엘라가 세상에 뿌리를 내리고 살아가리라 믿었다. 그녀는 엘라에게 그 한 사람의 존재가 되고 싶었다.

자궁 속 태아처럼 웅크린 채 잠드는 아이

엘라가 초등학교 6학년 때 대연동에서 기장으로 전학을 해야 했다. 나자렛집이 이사를 한 것이다. 학교가 끝나고 집에 돌아오면 엘라의 첫 번째 질문은 "오늘 뭐 먹어요?"였다. 그런데 그날은 메뉴를 묻지 않고 해옥 수녀의 앞치맛자락을 끌어당겼다. 그녀의 몸은 엘라의 손에 이끌려 주방에서 방으로 옮겨졌다. 엘라는 방 문을 닫고 가만히 그녀의 두 손에 자신의 작은 손을 올리고선 두 눈을 맞추며 말했다.

"수녀님, 오늘만…… 오늘만…… 수녀님을 '엄마'라고 부르면 안 돼요?"

순간 그녀는 놀랐다. 그런 적이 없었다. '엄마'라는 말을 절대 쓰지 않던 엘라가 학교에서 무슨 일이 있었나? 해옥 수녀의 두 눈은 벌써 젖어 있었다. 그녀가 말을 잇지 못하고 고개를 끄덕이자 엘라는 부르짖었다. 처음으로 말문이 터진 갓난아이처럼.

"엄마엄마엄마맘맘마~~~~~. 엄마엄마엄마맘맘마~~~~~."

그렇게, 정말 그렇게 오래도록 엘라는 '엄마'를 부르며 그녀의 가슴을 후려쳤다. 그녀는 엘라를 가슴에 안고 방 한가운데 드러누웠다. 아이의 심장이 총 맞은 새마냥 파닥거렸다. 그녀는 엘라의 등을 가만가만 두드려주었다. 어느새 엘라는 해옥 수녀의 품에 안겨 잠이 들었다.

밤이면 항상 엄마 자궁 속의 태아처럼 웅크린 채 잠을 자는 엘라. 한 번도 몸을 펴고 자는 모습을 보지 못했다. 안아주면 온 몸이 순식간에 경직되던 엘라가 그날은 새털처럼 부드러운 몸으로 그녀의 품에서 쌕쌕거렸다.

잠든 엘라의 호주머니에서 액세서리가 흘러나온 것은 그녀가 엘라를 반듯하게 눕힐 때였다. 학교 근처 문방구에서 파는 플라스틱 목걸이와 귀걸이였다. 그녀는 한참 동안 그것을 손에 들고 생각에 잠겼다.

며칠 후 엘라를 상담해주는 상담사로부터 엘라의 심리 상태를 들을 수 있었다.

"아이가 학교도 새롭고 친구들도 낯설어서 아주 긴장된 상태에서 엄마를 찾고 있어요. 액세서리나 먹을 것을 훔치는 건, 아이에게 엄마가 가장 필요할 때라고 해석하면 됩니다.”

모든 아기는 세상 밖으로 나오자마자 엄마와 이어진 탯줄이 잘리는 순간 울부짖는다. 엄마를 잃을까봐 서럽게 운다. 아기는 젖을 먹으며 자기 곁에 엄마가 있다는 걸 확인하며 커간다. 어른이 되어도 죽을 때까지, 끊어진 탯줄을 잡고 엄마를 확인하며 산다. 엄마가 옆에 없으면 아이도 어른도 다르지 않다. 끊어진 탯줄을 잡고 계속 집을 나간다. 엄마를 찾아서다. 끊임없이 목마른 엄마의 사랑을 찾아 방황하는, 엄마 찾아 떠나는 인생이 된다. 해옥 수녀는 엘라의 가출을 그렇게 이해했다.

해옥 수녀는 가만히 엘라의 손을 잡으며 마음으로 말했다. 엘라가 끊어진 탯줄을 잡고 엄마를 찾아 방황하다 다시 돌아오면 언제든 안길 수 있는 가슴이 되어주겠다고.

만국기가 휘날리는 가을 운동회 날이었다. 엘라와 같은 학년의 나자렛집 애진이는 해옥 수녀가 평소 학교에 나타나는 것을 극구 싫어했다. 부모와 살지 않고 시설에서 산다는 것이 친구들에게 부끄러웠다. 그런데 운동회 날 웬일로 애진이는 그녀가 오길 바랐고, 반면 엘라는 오지 말라고 했다. 그녀는 점심을 맛있게 준비하여 학교에 갔다. 그날 애진이는 얼른 점심만 먹고 모습을 숨겼으나 엘라는 끝까지 그녀 옆에 있었다.

나의 두 번째 엄마께

뜻하지 않게 해옥 수녀는 부산을 떠나 서울로 가야 했다. 오랜 고질병인 허리디스크가 도져 입원이 불가피했다. 집을 나가 있던 엘라가 이 사실을 어떻게 알았을까? 그녀가 떠나기 하루 전, 엘라는 들어와 그 밤에 눈물로 쓴 편지 한 통을 남기고 또다시 사라졌다. 하트로 수놓아진 분홍색 편지봉투에는 '사랑하는 내 두 번째 엄마께'라고 적혀 있었다.

해옥 수녀는 엘라의 편지를 눈물로 읽어 내려갔다.

엄마, 저 엘라예요. 다시 돌아오실 거죠? 수녀님께 할 말이 정말 많은데 다 듣고 가셔야죠. 수녀님께 했던 제 행동이 세상에 태어나 제일 후회스럽습니다. 정말 죄송하고 감사하다는 말밖에 드릴 말씀이 없어요. 모든 일, 그리고 스쳐 지나간 시간, 좋은 추억으로 간직할 거예요. 수녀님, 실망시켜드리지 않을 거예요. 사랑해요. 엄마! 그리고 고마워요…….

그녀와 살던 6년 동안 3년은 밖에서 떠돌던 아이.
그러면서도 고검, 대검에 합격하여 기쁨을 준 아이.
해질녘이 되면 누가 시키지 않아도 집 안의 모든 문과 가스 불을

점검하던 아이.

동생들에게 쥐어 박히고 몰래 서럽게 울던 몸집 작은 언니.

그리움을 말로 표현 못하고 그녀의 주의를 뱅뱅 돌던 아이.

그녀가 엘라를 다시 만난 것은 부산이 아닌 서울이었다. 엘라가 서울에 갔다는 사실을 뒤늦게 알게 된 상담사의 목소리는 혼란스러웠다.

"서울이요? 세상에, 세상에……. 그 아이는 자기 주 무대인 부산 외에는 아무데도 가본 적이 없어요. 그렇게 어울리던 친구들과 떨어진다는 것은 생명이 끊어지는 거나 마찬가진데……. 엘라는 엄마를 찾아간 거예요."

엘라는 해옥 수녀가 입원한 서울 한복판의 대학병원 복도 의자에 앉아 있었다. 두 손을 무릎 사이에 넣고 고개를 푹 숙인 채 병원 창 밖에 어둠이 밀려올 때까지.

• 부산나자렛집 cafe.daum.net/busanna

돈보스코 예방교육 영성

모든 사람에겐 어머니가 필요합니다.

돈보스코는 가정에서뿐만 아니라 청소년 교육에서도 어머니의 중요성을 너무나 잘 알고 있었습니다. 그래서 돈보스코는 자기 어머니에게 애원합니다.

"어머니, 저와 함께 발도코로 가시면 안 될까요? 우리 아이들에게는 엄마가 없습니다. 어머니, 가난한 아이들의 엄마가 되어주세요."

그리하여 마가리타는 58세의 나이에 고향 땅을 떠나 가난한 아이들의 엄마가 되어주십니다.

1856년 11월 25일 새벽. 발도코의 가난한 아이들의 엄마 마가리타가 돌아가신 날, 돈보스코는 생전에 어머니가 자주 다니시던 콘솔라타 성당을 찾아갑니다. 그는 성모상 앞에 무릎을 꿇고 눈물의 기도를 바칩니다. 그리고 하염없이 쏟아지는 눈물을 닦으며 자신의 어머니에게 부탁하듯 성모님께 애원합니다.

"성모님, 이제 저와 저의 아이들은 이 세상에 어머니가 없습니다. 이제는 성모님께서 우리 가까이 오셔서 가난한 아이들의 어머니가 되어주십시오."

지금 우리 사회는 너무나 많은 청소년들이 끊어진 탯줄을 잡고 집을 나와 엄마를 찾아 방방곡곡을 헤매고 있습니다. 돈보스코는 집을 나온 청소년들을 대신하여 이 땅의 엄마들에게 외칩니다.

"엄마, 어디 계세요? 세상에서 제일 맛있는 밥, 엄마가 해주는 '집밥'이 먹고 싶어요. 집으로 돌아와주세요."

어엿한 숙녀가 된 엘라는
현재 서울에서 착실한 회사원으로 근무하고 있습니다.
세상에서 가장 싫은 날은 '어버이날'이라고 말하던
엘라는 변했습니다.
"이제는 그렇게 싫지 않아요.
나도 어버이날 감사할 엄마가 생겼잖아요."
그리고 헤어질 때는
해옥 수녀를 꼭 안아주고 갑니다.

3

아버지를 죽이겠다

눈을 감고 아버지를 본다. 이제는 술에 만취한 모습이 아니다.

아버지가 나를 바라본다. 스물아홉 살 청년, 당신의 아들 재민이를.

...

회상 1: 오늘도 어김없이 나를 때릴 것이다

촤르르 차알싹, 촤르르 차알싹…….

나는 고향 바닷가 가까이에 있는 어느 골목길 작은 여관방에 누워 밤물결 소리를 듣는다. 22년 만에 고향의 항구를 찾아왔다. 일부러 선창가 방을 예약했다. 낮은 천장, 흐릿한 형광불빛 아래 깍지 낀 양

손을 베개 삼아 누웠다. 땀내와 비린내, 술에 젖은 아버지의 체취가 엉켜 있을 듯한 구석의 이부자리. 벽지는 오줌 지린 것처럼 비 샌 자국이 여기저기 얼룩져 있다. 이런 방 안이 나에겐 익숙하다. 내 어린 시절이 그랬으니까.

촤르르 찰싹, 촤르르 찰싹…….

밤물결 소리가 방 안으로 밀려온다. 먼 옛날 슬픔의 물결도 내 가슴 위로 밀려와 숨 쉬기가 힘들다. 귓전에 울리는 뱃고동 소리에 젖은 두 눈이 흔들린다.

가슴이 두근거린다. 점점 쿵쾅쿵쾅 뛴다. 어부였던 아버지가, 술에 만취한 아버지가 소주병을 흔들며 집 가까이 오고 있다. 나는 이불 속에서 달팽이처럼 몸을 만다. 아버지가 나를 발견하지 못할 정도로 작게, 아주 작게 똘똘 말아 숨긴다.

쾅! 대문이 열렸다. 터벅터벅, 아버지가 가까이 오고 있다. 오늘도 어김없이 나를 때릴 것이다. 아버지가 신발을 벗어던진다. 방 문이 열리고 고함소리가 아버지보다 먼저 방을 점령한다.

"이 새끼 어디 있어. 나가, 너도 당장 나가!"

이불 속에서 나는 간절히 바란다. 내가 스르르 없어지기를, 바다의 물기처럼 점점 사라지길 바란다.

"모두 달아났어. 네 형, 누나, 네 어미 년도 갔어. 그러니까 너도 꺼져버려! 내 눈에서 없어지란 말이야."

엄마는 내가 다섯 살 때 집을 나갔다. 그 뒤 형과 누나도 내 곁을 떠났다. 오늘은 아버지의 목소리에서 어둠보다 무서운 살기가 느껴져 내 몸에 소름이 돋는다. 쩽그랑, 술병이 방바닥에 부딪쳐 깨지는 동시에 나는 반사적으로 일어나 아버지를 밀치고 방 안에서 뛰쳐나갔다. 맨발로 뛰었다. 아버지도 악을 쓰면서 미친 듯 내 뒤를 쫓아왔다. 그리고 과도로 내 등을 찔렀다. 나는 피를 흘리면서도 달렸다. 쓰러지면 붙잡혀 죽을 것 같았다. 잊을 수 없는, 내 나이 일곱 살 때의 일이다.

회상 2: 재민이가 엄마를 만난 날

집을 떠난 재민이는 여기저기 복지시설을 전전했다. 아버지를 향한 복수의 칼을 갈면서. 그럴수록 재민이는 울보가 되어갔다. 시설을 옮길 때마다 별명이 늘었다. 징징대는 울보, 고집불통, 싸움쟁이…… 얼굴에 손톱자국도 그만큼 많아졌다.

내(백준식 분도 수사)가 재민이를 만난 곳은 대전돈보스코집*에서다. 열다섯 명이 사는 여기서도 재민이는 미운 오리새끼, 초등학생 막내였다. 형들과 다투고, 억지 주장을 하고, 형들보다 용돈도 더 달라, 과자도 더 달라 마냥 떼를 썼다.

어느 주말, 나는 아이들을 데리고 목욕탕에 가서 탕 속에 있는 아이들을 한 명 한 명 불러내 때를 밀어주었다.

"그 다음, 재민이 빨리 나와."

재민이의 손등, 팔, 다리, 가슴을 씻긴 후 등을 돌려 앉혔다. 등판 오른쪽 위에는 재민이의 아픔이 고스란히 새겨져 있었다. 내 손은 잠시 멈추었다가 다시 움직였다. 천천히, 조심스럽게 그리고 아주 따뜻하게……. 나는 느낄 수 있었다. 물에 젖은 재민이 얼굴 위로 눈물이 흘러내리는 것을. 재민이는 등을 밀어주는 나에게 아버지의 폭행, 그리고 그날의 생생한 기억과 아버지에 대한 복수심을 고백했다.

"난 아버지를 만나면 죽일 거예요."

당시 나는 아이들을 잘 키우고 싶어 부모교육 프로그램에 참가하고 있었다. 아이들에게 수사(평생 동안 가난, 정결, 순명의 서원을 지키며 사는 수도자)가 아닌 아버지가 되고 싶었다. 재민이의 상처 이야기를 듣고 고심하던 나는 강사에게 물었다.

"어린 시절 부모로부터 큰 상처를 받은 아이에게 제가 지금 어떻게 해주어야 합니까? 어떻게 해야 그 상처를 지울 수 있나요?"

강사는 이런 조언을 해주었다.

"한 번 심하게 받은 상처는 커다란 사진 모양으로 마음속에 새겨집니다. 그래서 지워질 수 없어요. 다만 수사님이 그 아이와 함께 지내면서 아이에게 아기자기한 추억이 될 만한 크고 작은 재미있는 일들을 많이 만들어주세요. 그러면 그런 추억들은 여러 개의 작은 사진 모양으로 만들어져 커다란 상처 위를 덮어버립니다. 아름다운 작은 추억들로 상처가 덮어지는 것이지요. 예를 들어 물건을 함께 사러 간다거나, 함께 음식을 만든다거나, 놀이나 운동을 함께 하는 등 하루 중 아이와 함께하는 시간을 만드는 거예요."

그 말을 마음에 새기며 학교에서 돌아온 재민이 손을 잡고 동네 슈퍼에 갔다.

"재민아, 오늘 저녁에 우리가 먹을 간식 좀 골라봐라. 그리고 재민이가 먹고 싶은 것 있으면 골라봐."

재민이는 500원짜리 과자 한 봉지만 달랑 들었다.

"그것밖에 없어? 맛있는 거 많잖아. 더 골라봐."

그런데 재민이가 뜻밖의 말을 했다.

"수사님은 우리 모두에게 과자를 사주셔야 하니까 돈이 없잖아요. 나는 이걸로 충분해요."

평소에는 그렇게 더 달라고 떼를 쓰던 아이가 내 사정을 봐주고, 나를 배려하는 이런 깊은 마음이 있다니…… . 가슴이 뭉클했다.

나는 재민이와 함께 작은 사진, 기억 속의 상처를 덮을 만큼 따뜻한 추억을 한 장 한 장 만들어갔다. 축구를 하다 같이 넘어져 누워 하늘 바라보기, 달밤에 농구하기, 간지럼 태우기, 장난치기, 씨름하기 등등.

돈보스코집 지도 신부였던 이호열 신부님이 미사 때 재민이에게 복사를 서게 하여 제대에 촛불을 켜고 끄는 일을 맡겼다. 그래서 나는 재민이의 뒷모습에 자신감이 담긴 또 한 장의 사진을 찍을 수 있었다. 어느 때는 거실 청소나 식사 후 정리를 유도하고선 식구들이 모인 밤에 공개적으로 칭찬했다.

일련의 칭찬과 격려를 통해 자신이 인정받고 있음을 느껴서인지 아이의 행동거지에 변화가 찾아왔다. 자기 몫의 과자를 나눠 먹는다거나, 자기 물건을 필요한 아이와 나누는 모습을 보였다. 재민이는 그런 행동을 한 후에는 은근히 칭찬을 기대하며 으쓱댔다. 나는 그럴 때마다 관심 있게 지켜보다가 칭찬과 격려를 아끼지 않았다. 재민이는 또래들에게 모범을 보여야 칭찬과 격려와 인정이 계속 이어진다는 것을 체험해갔다.

그러나 무조건 고집을 부리고 형들에게 막무가내로 덤비거나, 또래와 다투면 관심을 두지 않고 무시하며 지나쳤다. 재민이는 조금씩 하지 말아야 할 것과 하면 좋은 것들을 구분해갔다.

비오는 날이면 주방 이모에게 재민이와 같이 부침개 좀 만들어달라고 부탁했다. 특별히 재민이에게만 주방 입실 금지를 깬 것이다. 재민이는 정말 좋아했다.

"재민아, 달걀 두 개 깨서 반죽에 넣어라."

"네, 이모."

재민이는 양손에 하나씩 든 달걀을 서로 부딪쳐 깼다. 나는 그날 주방에서 재민이가 뜻밖의 말을 하는 것을 엿듣게 됐다.

"이모, 이모 대신 우리 엄마가 내 곁에 있으면 좋을 것 같아요."

엄마에 대한 말을 꺼낸 적이 없던 아이가 엄마를 찾은 것이다. 나는 또 한 장의 사진을 찍었다. 그리고 제목을 붙였다. '재민이가 엄마를 만난 날'이라고.

회상 3: "아버지, 용서해주세요!"

아주 먼 데서 울리던 뱃고동 소리가 바로 내 귓전에 와서 부딪친다.

어부 일을 나갔던 아버지의 배가 암초에 걸려 돌아가셨다는 소식을 접한 것은 돈보스코집에서 중학교 입학을 앞둔 그해 2월쯤이었다. 저녁식사 후 수사님이 나를 불렀다. 방 안은 조용했다. 책상, 책장에 있는 책들, 그리고 서 계신 수사님도 조용했다. 수사님은 앉으라고 권하면서 말문을 열었다. 아버지에 대한 물음이었다.

"재민아, 아버지는 지금 어떻게 살고 계실까?"

"아마 매일 술 드시고 소리 지르면서 그렇게 살 거예요."

한참 시간을 두고 두 번째로 물으셨다.

"아버지가 밉니?"

"예. 미워요. 죽이고 싶어요."

나는 언제나처럼 거침없이 대답했다.

수사님은 눈을 감으시고 세 번째로 물으셨다. 이번에는 "만약에……"라며 말을 더듬으셨다.

"재민아, 잘 들어봐. 만약에…… 만약에…… 말이다. 만약에 아버지가 그 사이에 병이 났거나 다른 일로 돌아……가셨다면 어떻게 하겠니? 그래도 미울까?"

그 질문에도 나는 망설임 없이 곧장 대답했다.

"우리 아버지는 안 죽어요. 힘이 세거든요."

네 번째로 물으셨다.

"혹시 돌아가셨다면…… 넌 용서할 수 있겠니?"

"아니요."

나는 똑똑히 대답했다. 수사님이 같은 질문을 또 한다고 해도 내 대답은 한 글자도 틀리지 않을 것이었다. "아니요"라고.

수사님은 이제 질문 대신 아버지가 어떻게 돌아가셨는지 자세히 전해주었다. 나는 수사님 말씀은 듣지 않고 아버지는 죽지 않았다고 계속 마음속으로 우겼다. 처음에는 멍한 상태에서 우기다, 울면서 우기다, 나중에는 "아버지, 아버지" 하고 부르며 우기다 나도 모르게 울부짖었다. 차가운 바다에 빠져 외롭게 죽어간 아버지를 향해.

"아버지, 용서해주세요!"

아이들과 함께 어깨동무를 한 백준식 분도 수사(오른쪽에서 두 번째)

"청소년의 첫 행복은
사랑받고 있다는 것을 아는 것입니다."

– 돈보스코

밤바다는 깊은 어둠속에 잠겨 있고, 고향 항구의 등대에선 오늘 밤도 불빛이 점멸하고 있다. 밤물결 소리는 밤새 계속 들릴 것이다. 찰싹, 촤르르, 찰싹, 촤르르…….

　눈을 감고 아버지를 본다. 이제는 술에 만취한 모습이 아니다. 손에는 술병도 들리지 않았다. 아버지가 나를 바라본다. 스물아홉 살 청년, 당신의 아들 재민이를.

• 대전돈보스코집 cafe.naver.com/djbosco

칭찬은 어둠속의 아이를 맞으러 가는 따뜻한 손길입니다.

아무리 아이들을 위해 정갈하고 훌륭한 물리적 환경을 조성했다고 해도 그 안에 아이들과 함께하는 교육자가 부재하다면 좋은 환경은 될지 모르나 교육적 환경은 될 수 없습니다. 교육 또한 이루어지지 않습니다. 교육은 서로의 신뢰와 사랑이란 관계로부터 시작됩니다. 관계는 교육자와 아이들 사이에 간격이 없는 일상생활의 교제, 특히 모든 시간의 교제입니다.

예방교육은 교육적 관계 속에서 실현됩니다. 그 관계 속에서 사랑은 느껴지는 것, 눈에 보이는 것, 손에 만져지는 것이어야 합니다.

사랑의 구체적인 표현인 '칭찬'은 어둠속의 아이를 맞으러 가는 따뜻하고 친밀한 음성이며, 그의 주위를 둘러싼 공허 속을 가로질러 내미는 손입니다. 칭찬은 또한 행동을 일으키는 효과적인 자극제이자 아이들 마음엔 태양과도 같습니다. 칭찬받지 못하는 아이들은 자랄 수도, 꽃을 피울 수도 없습니다.

아이들의 선을 행하려는 마음을 일으키기 위하여 칭찬을 이용했던 돈보스코는 말합니다.

"애정을 전달하는 가장 좋은 방법은 아이들이 좋은 일을 했을 때 칭찬하는 것입니다."

재민이는 아버지의 죽음을 조사하는 과정에서

엄마와 가족들을 찾아 돈보스코집을 떠났습니다.

현재 강원도에서 휴대폰 가게를 운영하고 있습니다.

재민이는 이렇게 말합니다.

"아버지는 이미 오래전에 용서했고,

지금 저는 엄마를 더 행복하고 기쁘게 해드리고

효도하고 싶습니다.

그게 아버지에 대한 사랑의 복수니까요."

백설공주의 밤인사

내가 잠들 때까지 수녀님은 나에게 동화책을 읽어줍니다.

아마도 동화책을 읽어주면서 '밤인사'를 대신하는 게 분명합니다.

…

여름방학을 맞아 나는 잠시 시골 할머니 집에 왔습니다. 콕콕콕, 콕콕콕, 콕콕콕콕…… 전화번호를 누릅니다. 다섯 번 신호가 간 후 저쪽에서 수화기를 들었네요.

"여봇소, 여봇소, 미란다 수녀님이세요?"

"어머나, 우리 나리예요? 오늘도 잠 잘 자고 일어났나요?"

나는 수녀님과 반갑게 인사를 합니다. 그리고 어제도 그랬듯 "수녀님, 보고 싶어요. 언니들 있어요? 수녀님들도 다 있어요?" 하면서 모두 다 바꿔달라고 합니다. 그러면 미란다 수녀님도 내가 보고 싶었다며 우는 소리를 냅니다.

"수녀님, 저 보고 싶어 진짜 울었어요?"

"그럼. 우리 나리, 빨리 보고 싶어요. 엉엉."

사실 작년까지만 해도 그렇지 않았는데 지금은 빨리 집에 가고 싶습니다. 그래서 24일에 갈 계획을 20일로 당겼습니다. 언니들, 수녀님들과 통화가 끝났습니다. 다시 미란다 수녀님이 수화기를 들었습니다. 그리고 가만가만 소리를 낮춰 나에게 말합니다.

"그런데 나리야, 전화할 때 '여봇소, 여봇소' 하는 게 아니라 '여보세요, 여보세요' 하는 거예요. 알았어요?"

아차, 할머니가 그러는 걸 나도 자꾸 똑같이 따라하네요.

나리의 엄마, 미란다 수녀님

이민자 미란다 수녀님은 우리 집*에서 일곱 살 막내인 나와 초등학생 언니들을 돌봐줍니다. 아마 지금쯤 수녀님은 나에 대한 2학기 계획을 꼼꼼히 짰을 거예요. 특히 나는 '좌뇌 개발'이 아주 많이 필요하다나요? 수학 선생님이었던 수녀님은 숫자에 굉장히 민감한 것 같아요. 3 더하기 5를 가르칠 때 수녀님은 그릇에서 사탕을 꺼내면서 물어봅니다.

"자, 세 개를 꺼냈어요. 여기에 다섯 개를 더했어요. 그럼 몇 개가 될까요?"

나는 늘 하나, 둘, 셋…… 하면서 하나하나 세어야 답이 나옵니다. 수십 번 반복해도 똑같이 그래요. 나는 이렇게 못하는 게 많습니다. 그렇지만 뭐 나만 그러나요? 아니요? 미란다 수녀님도 못하는 게 있었어요. 처음 수녀님이 우리 집에 와서 어땠는지 아세요?

"장은영, 김민지, 정소희, 오은채……" 하고 부르는 거예요. 뿔이 난 언니들이 막 따졌어요.

"수녀님은 왜 우리를 학교에서처럼 성까지 불러요? 여기는 집이에요. 집에서는 그렇게 부르지 않잖아요!"

그때 수녀님은 얼른 깨닫고 사과했어요.

"내가 잘못했어. 미안해."

그래도 미란다 수녀님이 제일 잘하는 건 우리들 교육이에요. 특히 나, 나리에게요. 학습지도, 창의력 개발, 두뇌 개발을 단계별로 시켜야 한다고 욕심을 아주 많이 부린답니다. 덧셈, 뺄셈을 가르치기 위해 수녀님은 오늘은 사탕, 내일은 흰콩, 다음은 팥, 그 다음은 검정콩을 번갈아 가지고 옵니다. 그리고 몇 번 해도 안 되면 수녀님은 더 이상 강요하지 않고 "오늘은 이만 끝" 하지만 또 내일 반복합니다. 하루는 이런 수녀님이 몹시 안 돼 보여 "수녀님, 나리 굉장히 잘하죠. 똑똑하죠?" 했더니 참, 어이없다는 표정이었습니다. 이런 일도 있었어요. 수녀님이 뭔가를 자꾸 설명하고 가르치는 게 짜증이 나서 나는 큰소리로 대들었어요.

"나도 다 알고 있어요."

그때 내 마음을 어른들 말로 하자면 '비록 일곱 살이지만 한 인격체로서 존중받고 싶다' 이런 거지요.

날마다 '해피 데이'

수녀님은 나와 살게 되었을 때 참 많이 힘들었을 거예요. 그때 세 살이었던 나는 아침에 눈을 떠서 잠잘 때까지 잠시도 가만있지 않고 뛰어다니고, 눈에 보이는 물건은 다 던져놓아, 수녀님은 날마다 내 꽁무니를 따라다녀야 했어요. 그러던 내가 지금은 어린이집에 다닐 정도로 많이 컸고 칭찬도 듣고 있습니다.

"비록 인지력은 떨어지지만 피아노 치는 거 보세요. 나리는 절대음감이라니까요? ……우리 나리는 아픈 사람에 대한 연민의 마음이 아주 커요. 누가 아프면 정말 안쓰럽고 짠한 표정으로 '호' 해주는 게 어린애 같지 않아요."

그건 맞아요. 나는 미란다 수녀님이 아프다고 하면 '호호' 땀이 나도록 많이 불어주고 그래요.

나는 언니들보다 수녀님이랑 있는 시간이 많습니다. 그래서 그런지 내 행동이나 말투를 보면 수녀님을 많이 따라한대요. 한번은 우리 아빠가 찾아왔는데 미란다 수녀님의 목소리가 보통보다 컸어요.

"아버님, 매번 온다고 해놓고 안 오시면 아이에게 상처가 되니 아예 약속을 하지 마세요."

아빠가 떠난 후 수녀님은 나에게 약속을 안 지킨 우리 아빠를 혼내서 보냈다고 했어요. 그리고 나서도 아빠는 또 약속을 어겼어요. 그래서 이번에는 내가 먼저 큰소리로 "수녀님, 우리 아빠가 오면 내가 혼쭐을, 혼쭐을 내줄 거예요" 했더니 수녀님들이 깜짝 놀라면서 내 앞에서 말조심하자고 수군거렸어요. 그날 나는 아빠가 미워서 더 크게 웃고 더 떠들고 놀았습니다.

나는 날마다 '해피 데이'로 살아요. 슬퍼도 찡그리지 않아요. 야단 맞아도 깔깔깔 웃고, 힘들면 큰 목소리로 더 많이 이야기를 합니다. 이런 나를 보고 어른들은 쯧쯧 혀를 차며 말하죠. 어린 것이 시설에 맡겨질 때 분명 소외감, 박탈감, 버려짐에 대한 분노가 컸을 텐데, 표현은 못하고 속으로 부대낀 것이 저렇게 과잉행동으로 나온다고요. 그 말뜻을 나는 알아듣기 어렵지만 어른들의 말이 맞든 안 맞든 나는 항상 '좋다' 하고 살아갑니다.

나리도 밤인사 꼭 할게요

이야기가 딴 곳으로 흘렀네요. 아무튼 평소에 내가 미란다 수녀님을 따라하는 것은 그냥 저절로 그렇게 하는 것이지 맘먹고 하는 건 아닙니다. 그런데 이것만은 수녀님을 닮아 나도 똑같이 해야지, 하는 게 딱 하나 있습니다.

우리 집엔 저녁을 먹고 나면 모두 한자리에 모여 원장 수녀님의 말씀을 듣는 '밤인사' 시간이 있습니다. 그런데 나는 그 시간에 자리만 차지하고 앉아 있는 거예요. 왜냐고요? 언니들처럼 나는 알아듣지를 못해요. 그래서 미란다 수녀님은 나만을 위한 특별한 밤인사를 매일 밤 해준답니다.

앞서 이야기했듯이 수녀님은 우리의 교육적인 면에 아주 철저합니다. 안 좋은 습관은 일치감치 물들지 않게 하지요. 그래서 나리가 잠자는 시간은 밤 9시입니다. 초등학교 언니들도 똑같아요. 충분히 자야 다음날 공부에 집중할 수 있다는 수녀님 방침입니다.

수녀님은 밤 8시 30분쯤 되면 나를 2층으로 데리고 올라갑니다. 내 방에는 언제나 미리 이불이 깔려 있고 그 이불 위에 수녀님과 나는 다리를 쭉 뻗고 앉습니다. 그때부터 내가 잠들 때까지 수녀님은 나에게 동화책을 읽어줍니다. 아마도 수녀님은 나에게 이렇게 동화책을 읽어주면서 밤인사를 대신하는 게 분명합니다.

내가 최고로 좋아하는 공주 시리즈인 백설공주, 잠자는 숲속의 공주, 인어공주, 엄지공주 등은 벌써 몇 번씩 읽었습니다. 백설공주를 읽어줄 때 수녀님이 "백설공주가 숲속으로…… 숲속으로…… 숲속으로…… 또 숲속으로……" 계속 숲속으로, 숲속으로 하면 나는 어느새 스르르 잠이 듭니다. 참, 헬렌 켈러도 좋아해서 수녀님이 많이 읽어주면서 질문도 했어요.

"헬렌 켈러를 가르친 선생님 이름이 뭐죠?"

나리는 자신 있게 '설리번'이라고 했습니다. 알리바바와 40인의 도둑, 호두까기인형, 벌거숭이 임금님도 점점 재미있습니다. 피터팬은 뮤지컬을 보러 가기 전에 한 번 읽어주고, 보고 와서 또 몇 번 읽어주었어요. 요즘 나리는 글을 읽을 줄 알아서 수녀님이 한 줄 읽으면 이어서 내가 한 줄 읽는답니다. 키다리 아저씨도 그렇게 읽었습니다.

"수녀님, 나리가 미안해요"

하루는 미란다 수녀님이 많이 아픈 밤이었습니다. 얼굴도 입술도 하얀색이었어요. 그날도 수녀님은 나에게 동화책을 읽어주었어요. 목소리에 힘이 없는 수녀님이 많이 슬퍼 보여 나는 물었습니다.

"수녀님, 많이 아프세요?"

수녀님은 고개를 저으며 아니라고 했습니다. 그날따라 나리가 말을 안 들었거든요. 내 손등을 때리는 수녀님 손등을 나도 꼬집고 막 때렸거든요. "수녀님, 미워. 수녀님, 싫어" 하면서요. 그게 마음에 걸렸어요. 평소에는 동화책을 읽어주는 사이에 잠이 드는데 그날은 눈이 말똥말똥하고 감기지 않는 거예요. 수녀님은 나에게 "잘 자, 나리야" 하면서 일어났어요. 나는 얼른 수녀님 눈을 가만히 쳐다보며 "수녀님, 나리가 미안해요"라고 사과했는데 그때 수녀님은 내 마음을 알았을까요?

아참! 궁금한 게 또 하나 있네요? 아침에 내가 어린이집에 갈 때마다 미란다 수녀님은 내 두 손을 꼭 잡고 혼자 말합니다.

"오늘도 우리 나리가 친구들하고 잘 놀고, 정리정돈도 잘하고 오겠습니다."

그러면 나는 속으로 움찔합니다. 왜냐하면 어린이집에서 나는 선생님이 "정리정돈합시다" 하면 화장실에 간다고 하고 살짝 빠지거든요. 사귀고 싶은 친구가 있으면 나는 막 때리거든요. 그러면 친구들은 나를 싫어하고 같이 놀아주지 않아요. 그래서 나는 혼자 그림책이나 퍼즐을 하며 놀아요. 이런 사실을 우리 수녀님이 알까요? 알고도 수녀님은 모른 척하고 그러는 걸까요?

나는 날마다 수녀님이 읽어주는 동화를 들으며 코를 코~올 코~

올 골면서 깊은 단잠을 잡니다.

　나는 자주 이런 생각을 한답니다. 내가 아주 많이많이 커서 어른이 된다면 나와 같은 어린이에게 동화책을 꼭 읽어주겠다고요. 미란다 수녀님처럼 어른이 된 나는 밤이면 이불 위에 아이와 두 다리를 쭉 뻗고 앉아 "백설공주가 숲속으로…… 숲속으로…… 또 숲속으로…… 또 숲속으로……" 하면서 특별한 밤인사를 할 겁니다. 그러면 그 아이도 나처럼 코~올 코~올 코를 골면서 잠을 잘 자겠지요?

• 광주나자렛집 cafe.daum.net/knazare

돈보스코 예방교육 영성

. . . .

아이들이 진리에 사로잡힌 채 잠들게 하십시오.

돈보스코는 학교의 기숙사를 비롯하여 아이들과 함께 사는 모든 교육자에게 '저녁 말씀'을 실천하도록 했습니다.

"매일 학생들이 잠자리에 들기 전에 교장이나 그를 대신하여 누군가가 몇 마디 다정한 말로 해야 할 일과 피해야 할 일들에 관해 공개적으로 조언하고 충고하십시 오. 그날 공동체 안팎에서 일어난 사건들에서 몇 가지 교훈을 끌어내십시오. 그러 나 절대 5분을 넘기지 않게 하십시오. 바로 이것이 도덕성과 기관의 원활한 운영 그리 고 교육의 성공을 가져다주는 열쇠입니다."

저녁말씀은 늘 "잘 자거라"는 말로 끝났기에 '밤인사'로 알려지게 되었습니다. 돈 보스코는 밤인사를 자신의 일로 여겼으며, 어쩔 수 없는 경우에만 다른 사람에게 맡겼습니다. 그는 이렇게 충고했습니다.

"아이들에게 깊은 감명을 줄 수 있는 한 가지 생각을 중심으로 몇 마디만 들려주 어 그들이 제시된 진리에 사로잡힌 채 잠자리에 들게 하십시오."

돈보스코는 종종 대화로 진행되었던 훌륭한 밤인사가 교육에 큰 도움이 된다고 여겼습니다. 그 기회에 교육자는 학생들에게 시설 내의 갖가지 사건들과 활동을 알 려주고, 특히 학생들과의 오해를 말끔히 씻어내고 관계를 개선시킬 수 있었습니다. 그리하여 날마다 밤인사 시간을 통해 교육자는 학생들과 다정한 관계를 맺을 수 있 었습니다.

명화의 슬픈 이야기

이제야 나는 저 아저씨를 용서할 수 없습니다.

그러니 법적으로 처벌을 내려주십시오.

...

아이들 이불을 한 명 한 명 덮어주다 보면 마음이 짠할 때가 한두 번이 아니다. 통 크게 남의 물건을 빼앗고 폭력을 쓰다 잡혀온 아이가 밤이면 이불 속에서 손가락을 입에 물고 잔다. 소녀의 나이는 열여덟 살이지만 잠든 모습은 아장아장 걷는 갓난아기다. 가만히 손가락을 빼려고 하면 소녀는 아기처럼 옹알이를 한다.

가출 소녀들을 이야기할 때 한 번쯤 성性에 대한 부분을 피해갈 수 없다. 사회는 가출 소녀들의 성 문제를 여러 각도에서 바라보고 판단하여 대책을 세운다. 그러나 가출의 가장 근본적인 원인인 가정 불화, 폭력, 방임, 가정 해체와 연결하여 생각하지 않는 소녀들의 가출과 성매매에 대한 사연은 한갓 어둡고 부정적인 문제로 터부시될 뿐이다.

연기처럼 사라져버리는 게 소원인 아이

깊은 가을 밤. 젊은 여자가 가로등도 꺼진 으슥한 골목을 익숙하게 걸어간다. 그녀는 생후 2개월 된 아기를 포대기째 아이의 고모 집 문간에 놓고 맞은편 큰길로 통하는 샛길을 얼른 빠져나간다. 그 뒤 한 번도 소식이 없는 그 여자가 명화 엄마다.

명화는 세 살까지 고모와 할머니 손에 자라다 아버지에게 넘겨졌다. 새엄마와 아버지 사이의 잦은 불화 원인은 늘 명화였다.

"저것 때문에 못살겠어. 흥, 내가 왜 저 애를 키워야 해요?"

한두 명도 아닌 다섯 명의 새엄마들이 아버지와 살다 떠나버렸다. 그 와중에 명화는 초등학교 5학년이 되었다. 이번에는 할머니 손에 이끌려 강원도 산속 깊은 곳에 있는 보육시설로 보내졌다. 명화는 물 설고 낯선 땅에서 열다섯 살 소녀로 자랐다. 명화는 '나는 혼자이며 학교에서도 왕따'라고 생각했다. 자살 결심도 여러 번 했다. 사춘기 소녀 명화의 소원은 자신이 '연기처럼 사라져버리는' 것이었다.

중2, 학교 봄소풍 날이었다. 더 이상 외로움에 떨기 싫어 명화는 받은 용돈을 들고 사람이 많은 도시로 나와 거리를 헤맸다. 배가 고프면 인터넷에 말을 걸었다. 그때마다 달려든 어른들은 명화를 마음껏, 욕심껏 농락하고 종이돈 몇 장을 던지고 갔다. 폭탄을 맞고 쓰러진 명화는 그 돈을 움켜쥐고 나와 세끼 밥을 챙겼다. 덤벼든 어른들에게 명화는 작은 몸으로 '아저씨, 외로워요. 저에게 사랑을 주세요' 애원했건만 알아듣는 어른은 없었다. 세상에 나오자마자 버려지고 이리저리 물건처럼 내쳐지길 몇 번이던가. 명화는 점점 악에 받쳤다.

사십대 그 남자는 그나마 몇 푼마저 주지 않았다.

"빨리 돈 주세요."

"돈? 줘야지. 아저씨가 그 돈 안 줄까봐? 따라와. 줄게. 따라오라니까!"

명화는 함께 택시를 탔다. 그 남자의 집은 서울 외곽 동네의 가파른 언덕 위에 있는 5층 빌라 꼭대기층이었다. 명화는 남자를 따라 집 안으로 들어갔다. 늙은 할머니도 있었다. 허리가 굽은 채 나물을 다듬고 있는, 주름지고 검버섯이 핀 그 남자의 늙은 엄마 얼굴이 명화는 이상하게 이무러웠다. 자기를 그나마 살갑게 대해준 단 한 분, 예

전 할머니 냄새가 났다. 그리고 착각일까? 집 안에서 본 그 남자의 등
은 꼭 아버지를 닮은 것 같았다. 아니, 명화는 그때 그 남자가 아버지
였으면 하고 바랐는지 모른다. 그래서 돈 대신 같이 살자는 말이 싫
지 않았다. 집이라는 공간에서 밥 먹고 세수하고 잠들고 싶었다. 그
래서 밤이 깊어도 명화는 그 집에서 나오지 않았다. 그날부터 그 집
현관에는 그 남자, 늙은 할머니, 명화의 신발이 놓여졌다.

열여섯 살부터 그 긴 2년 반 동안

　햇수로 3년이 흘렀다. 명화는 계획대로 남자가 아침 샤워를 하는
틈에 창문을 넘어 그 집에서 도망쳤다. 이번에는 절대, 절대로 돌아
가지 않으리라. 죽기 살기로 계속 뛰었다. 뒤에서 우악스런 그 남자
의 손이 머리채를 확, 잡아챌 것 같아 식은땀이 등골을 타고 흘러내
렸다. 동네를 벗어나 고속버스를 탔지만 신호등도, 차선도, 뒤에 오
는 차들도 모두 그 남자와 한통속이 되어 쫓아오는 것 같아 명화는
차 안에서도 계속 달렸다.
　'잡히기 전에 차라리 죽겠어.'
　입술을 깨물며 오직 그곳에 희망을 걸었다.
　'거기 가면 날 살려줄 거야.'

명화는 언젠가 머물렀던 그곳을 마지막 피신처로 택했다.

반쯤 넋이 나간 명화는 그곳의 도움으로 일단 그 남자가 모르는 장소로 옮겨졌다. 거기서 아가타 수녀를 만났다.

"명화야, 그 남자와 살았던 일을 글로 자세히 적어봐라."

그때 내 나이 열여섯 살이었습니다. 그 집에 들어간 날부터 나는 밤이면 그 남자의 부인 노릇을 했습니다. 처음에는 싫다고 의사를 밝혔지만, 자기는 섹스 상대를 원한다며 싫으면 당장 나가라고 했습니다. 저는 갈 곳이 없었습니다. 거부하면 욕을 하고 주먹질, 발길질에 나무빗자루도 동원되었습니다. 한번은 거부하다가 그 남자가 던진 젓가락에 머리를 맞아 피까지 났습니다.

4개월쯤 지나자 그 남자는 서서히 나에게 알바를 강요했습니다. 감자탕집에서 시간당 3천 원을 받고 오전 11시부터 저녁 7시까지 일을 했는데 감기가 너무 심해 2주 만에 그만뒀더니 구박이 시작되었습니다. 할머니는 "저 여우 같은 년, 눈치가 빠른 년"이라고 욕을 했습니다. 그 남자는 내가 식당 아저씨와 잠을 잤다면서 나무빗자루로 팔, 다리, 등을 마구 때렸는데 그때 손목을 정통으로 언어맞아 6개월 동안 통증에 시달렸습니다. 알바를 그만두고 공장을 다녔습니다. 나는 월급을 챙겨 서울로 달아났습니다. 하지만 몸은 나왔으나 마음은 그 남자에게 묶여 있었습니다. 나는 메일을 확인하면서 날마다 그 남자의 동태에 떨고 있었습니다. 그는 계속 메일을 보냈습니다. "빨리 집에 들어와라. 어디 있는지 내가 다 알고 있다. 언제든 찾아갈 것이다." 그러면 나는 겁이 나고 무서워서 그 집에 또 들어갔습니다.

어느 날부터 그 남자는 "이제 너 혼자 밖에 내보내는 건 안심이 안되니 공장을 다녀도 같이 다녀야 한다"며 따라나섰습니다. 전자부품 공장, 가구 공장, 옷 공장, 피클 공장, 달걀종이판 공장, 호일 공장 등을 전전했습니다. 월급은 그 남자의 통장으로 자동 입금되어 그 남자의 차 보험료, 기름값, 주택부금, 밀린 집세, 쌀값, 반찬값으로 사용되었습니다. 나에겐 옷 한 벌, 책 한 권도 사주지 않았습니다. 약속한 검정고시 학원에도 보내주지 않았습니다.

피클 공장에 취직이 되어 다니다 3일 만에 너무 힘이 들어 그만두었습니다. 결핵 초기였습니다. 그럼에도 그 남자는 밤이면 짐승처럼 달려들어 나를 짓눌렀습니다. 쓰러진 나는 모든 감각을 잃고, 두 눈동자는 천장에 멈추어 있었습니다. 그렇게는 더 이상 살고 싶지 않아 나는 온갖 욕설을 뒤로하고 돈 9만 원을 손에 쥐고 또다시 그 집을 나왔습니다. 그러나 얼마 지나지 않아 나는 그 집에 질질 발을 끌며 들어가 잘못했다고 빌고 있었습니다. "개망신 줄 거다. 더러운 년, 어떻게 그 나이에 원조교제냐"는 협박에 이어 다음 날에는 "이제부터는 네가 원하는 학원도 보내주고 책도 사줄 것이다. 집에서 편히 있게 해주마. 널 사랑한다"며 회유하는 그 남자의 메일에 나는 또 잡힌 것입니다. 내 몸뚱이도 처음에는 강하게 거부했으나 점점 "널 사랑하니까 그러는 거야"라는 그 남자의 말과 행위를 세상 남녀가 나누는 애정표현으로 깊이깊이 익혀갔습니다.

변한 것은 전혀 없었습니다. 오히려 새로운 고통이 나를 덮쳤습니다. 두 번의 임신과 두 번의 낙태수술을 했습니다. 몸은 만신창이가 되었습니다. 나는 죽어가는 한 마리 지렁이였습니다. 강원도 보육원에서 살 때입니다. 더운 여름 한낮, 길바닥에서 몸부림치고 있는 지렁이 한 마리를 보았습니다. 지렁이는 흙으로 몸 전체가 덮여 있었습니다. S자로 땅바닥을 비빌 때마다 지렁이는 힘이 빠졌습니다. 진물이 흘렀습니다. 얼굴도 없는 지렁이. 아파도 저 혼자 헐떡거리는 지렁이. 살려고 이리저리 치대지만 하늘에선 따가운 햇볕만 내리쬐고, 땅은 물 한 줄기 없는 마른 흙무더기. 그 지렁이가 바로 나였습니다. 마른 땅은 지렁이가 살 곳이 아니듯, 세상은 내가 살 곳이 아니었습니다. 그럼에도 오직 공부하고 싶다는 열망은 죽지 않았습니다. 그래서 그 남자에게 애원하며 매달렸습니다. 밤이면 피곤하고 졸려서 거부하다 물어뜯기고, 목이 눌리고, 머리채를 쥐어뜯기고, 그 남자의 폭탄에 쓰러지면서 제발 나를 보내달라고 울면서 빌었습니다. 내 나이 열여섯 살부터 그 긴 2년 반 동안…….

성매매피해지원시설을 맡고 있던 아가타 수녀는 명화의 자필 진술서를 증거로 경찰에 신고를 한 후 아이를 데리고 현장 확인에 나섰다. 맨 먼저 그 남자의 아이를 낙태한 산부인과를 찾았다. 그 남자는 명화의 삼촌으로 위장되어 있었다. 명화가 다녔다는 일곱 군데가 넘은 공장들을 찾아가 명화를 기억하는 이들의 말을 직접 들었다.

"그 사람, 오갈 데 없는 아이에게 좋은 일을 한다고 했어요. 뭔가 이상하다 느껴지긴 했지만 뭐……."

모두 명화보다 나이 많은 어른들. 그들은 한 소녀의 사연에 대답을 꺼리며 건성으로 몇 마디 대꾸하다 자리를 피했다. 받은 월급도 확인했다. 100만 원, 20만 원, 9만 원……. 자동이체 통장계좌는 그 남자의 것이었다. 명화와 아가타 수녀는 비포장 도로 흙먼지에 눈이 충혈된 채 3일을 걸었다.

"그 아이의 부모도 친척도 아니면서……"

명화는 아가타 수녀 곁에 머물면서 안정을 찾는 듯했으나 정신장애 증상이 서서히 표면으로 나타났다.

길을 걸을 때도 땅만 쳐다봤다. 건물 창에 매달려 있는 자기 모습이 보인다고 했다. 한 달쯤 지난 어느 날 명화는 의식을 잃고 방에 쓰러졌다. 새로 교체한 커튼 색깔이 문제였다. 깨어난 명화는 멍한 눈빛으로 창문을 바라보며 더듬거렸다.

"저 커튼, 그 아저씨 방 커튼 색깔하고…… 아, 숨이 막혀요. 저 색깔…… 저것 좀 떼어주세요. 제발."

땀에 흠뻑 젖은 채 양팔로 자기 몸을 꼭 껴안고선, 다른 사람이 건드리기만 해도 소리를 질렀다. 명화는 그 남자와 할머니의 눈치를 보며 사는 게 습관이 되어 주변 사람들에게 잘 보이려 애를 쓰면서도 그들을 신뢰하지 않았다. 초조해하고, 불안해하고, 누군가 뒤에서 자기를 욕하고 있다며 분노했다. 어느 때는 명화가 갑자기 보이지 않아 찾아보면 부엌 뒤쪽 창고 한구석에 웅크리고 있었다.

명화는 밤이 두렵다. 그 남자는 눈을 감아도 끈질기게 나타났다.

"꿈속에서 나는 계속 달렸어요. 그런데 아무리 뛰어도 그 자리였어요. 검은 그림자가 점점 내 주변을……. 나는 그만 한쪽 신발이 벗겨졌어요. 그때 검은 그림자가 화성처럼 커지더니 나를 와락 덮쳐버리고, 나는 없어졌어요."

명화의 가을앓이

법은 그 남자를 법정에 세웠다. 그 남자와 늙은 엄마는 하늘 아래

고아, 생계에 전혀 도움이 되지 않는 아이에게 좋은 일을 한 자신들을 수배하다니…… 억울하다며 변호사까지 선임하여 재판을 두 번이나 연기시켰다.

아가타 수녀도 포기할 수 없었다. 그녀는 인간으로서 그 남자를 고발한 것이 아니라, 그가 힘없고 돈이 필요한 한 소녀의 약점을 이용하여 평생 지울 수 없는 아픔을 안긴 최소한의 대가를 치루길 원했다. 그러기 위해선 법에 호소하는 길 외에 다른 방법이 없었다.

공판 날이 왔다. 아가타 수녀는 법정에 증인으로 출두했다. 그녀는 판사 앞에서 오른손을 들고 선서를 했다. 그리고 이어서 오십이 가까운 피의자가 의지할 곳 없다는 약점을 이용하여 어린 미성년자를 성적으로 학대한 점, 가정 파탄으로 인한 자신의 성 문제와 가사노동 해결을 위해 집요하게 동거를 강요한 점, 피해자의 고모를 찾아가 자기 남동생의 아기를 밴 것으로 속이고 두 번이나 낙태시킨 점 등 확인 입증된 그 남자의 범행을 낱낱이 증언했다.

판사가 피해자 본인의 의사를 물었다. 어린 명화의 마지막 말에 법정 안은 잠시 침묵이 흘렀다.

"세상 사람들은 다 나를 외면했습니다. ……이제야 나는 저 아저씨를 용서할 수 없습니다. 그러니 법적으로 처벌을 내려주십시오."

아가타 수녀도 놀랐다.

'저렇게 용감한 아이가 어떻게 그토록 이용당했을까.'

믿기지 않았다. 어른들도 벌벌 떠는 법정에서 또박또박 소신을 밝히는 명화 안에 숨겨져 있는 엄청난 힘에 그녀는 입을 다물지 못했다. 마지막 공판에서 그 남자는 대한민국 법의 이름으로 징역 5년형을 선고받았다. 법원을 나오면서 아가타 수녀는 사막을 걷는 듯한 목마름과 텅 빈 허무감에 몸이 휘청거렸다. 이래서 남는 게 뭘까. 재판에 이긴들 이미 병든 명화는 그대로다. 그녀는 재판 과정에서 소위 법 전문가들의 반응에 할 말을 잃을 때가 많았다.

"그 아이의 부모도 친척도 아닌데, 그리고 충분히 모르면서 증언할 수 있겠어요? ……수녀가 할 일도 없지. 어린아이의 말만 믿고 한 남자를 감옥에 보내는 일을 그렇게 쉽게 생각하나요?"

아가타 수녀는 끓어오르는 감정을 눌러야 했다. 사람을 감옥에 보내는 일에 어느 누가 겁도 없이 덤벼들겠는가. 또 감히 하기 힘든 그 일에 오죽했으면 수녀가 앞장섰겠는가. 우리 사회의 분위기에서 그 남자는 당연히 구속되어야 할 죄인이 아니라 재수가 없어 법에 걸린, 운 나쁜 사람이었다.

거기 천국도 외로울까요?

명화는 시설에 머물면서 고입검정고시에 이어 대검까지 합격했다.

영리하고, 상황 판단도 빠르고, 손재주도 남달랐다. 성공하고자 하는 집념이 강해서 미용, 피부관리, 컴퓨터 자격시험에 응시와 함께 통과였다. 명화의 척박한 인생의 땅에서 싹이 나기 시작하는 것 같았다.

어느 날 새벽, 아가타 수녀에게 명화 아빠에 대한 연락이 왔다. 그녀는 주소를 들고 여관을 찾아갔다. 동네는 지린내가 코를 찔렀다. 전날 술 취한 사람들의 토사물과 여기저기 버려진 쓰레기 뭉치는 그녀의 걸음을 자주 멈추게 했다. 붉은 페인트칠이 거의 벗겨진 문을 열고 들어가 어두운 복도를 지나서 명화 아빠가 죽었다는 방 문을 열었다. 현장의 한 사람이 전해주길, 나이는 오십대 초반쯤이며 술병이 수십 병 널브러진 방 가운데에 죽어 있었다고 했다. 장례는 이틀 후에 치러졌다.

명화는 집을 나와 거리의 소녀로 떠돌 때도 '혹시 아버지가 언젠가 날 찾지 않을까?' 하는 기대를 버리지 않았다. 그것은 절망 속의 희망이었다. 명화에게 아빠의 장례식은 이제 그 희망의 불씨마저 꺼졌다는 확인일 뿐이었다.

명화는 가을바람이 가장 춥고 슬프다. 바람이 불고, 거리에는 낙엽이 쌓이고, 가을이 가면 겨울이 오고, 거리의 사람들은 여전히 바삐 걸으며 살아갈 것이다. 명화는 넋 나간 소리로 말한다.

"낙엽들처럼 나도 사라지고 싶어요. 사람이 싫어요. 수녀님, 거기 천국도 외로울까요?"

아가타 수녀는 금방 직감한다.

'명화가 또 나가겠구나.'

가을이 되면 명화는 심한 몸살을 앓는다. 명화의 몸은 핏덩이로 대문 앞에 버려진 그 가을밤과 그 남자의 집으로 들어간 저녁 무렵의 가을 노을빛을 모두 기억하고 반응했다.

명화는 아가타 수녀의 곁을 여러 차례 떠났다. 그러다 도저히 혼자 버틸 수 없으면 어느 날, 새벽이고 아침이고 그녀를 찾는다. 그리고 그녀에게 돌아와 잠시 머물다 다시 나간다. 아가타 수녀는 이런 명화를 한없이 받아준다.

"힘들어요. 저 지금 불안하고 너무 무서워요. 그 남자가 출소하면 절 잡으러 올 것 같아요. 그럼 어떡하죠?"

그 남자가 감금된 지난 5년 동안 명화는 늘 이런 말을 되풀이했다. 오늘 밤에도 아가타 수녀는 휴대전화를 밤새 켜놓는다. 침대 베갯머리에는 차 열쇠가 놓여 있다. 언제나 출발 준비를 해두고 잔다. 명화를 위해서. 그리고 오늘 밤 마지막 성역처럼 그녀를 찾을지 모를 어느 소녀를 위해.

돈보스코 예방교육 영성

이 땅의 모든 어른은 아이들의 보호자여야 합니다.

돈보스코가 운영하는 기숙사에는 학생도 있었고 소년 노동자도 많았습니다. 19세기 당시, 이탈리아의 나이 어린 노동자들도 소외되거나 주인의 손에 묶여 있는 경우가 많았습니다. 노동조합은 존재하지도 않았습니다. 돈보스코는 자신이 데리고 있는 소년들을 고용주에게 인도할 때는 좋은 계약으로 그들을 보호했습니다. 그리고 '가족 보증인'처럼 매주 그들의 일터를 찾아갔습니다.

　돈보스코는 자신이 끝까지 보호해줄 각오가 되어 있다는 뜻으로 아이들에게 이렇게 고백했습니다.

　"나는 여러분을 위하여 공부하고, 여러분을 위하여 일하며, 여러분을 위하여 살고, 여러분을 위하여 나의 생명까지 바칠 각오가 되어 있습니다."

5월은 청소년의 달입니다.
젊음의 상징인 파란 하늘빛.
지금 이 땅의 모든 어른들은 한 사람도 빠짐없이
5월 하늘을 바라보며 자신에게
당위적 질문을 던져야 합니다.

왜 한 소녀가 집을 나가야 했는가.
왜 한 소녀가 자신의 성(性)을 팔아야 했는가.
왜 한 소녀가 아이처럼 손가락을 입에 물고
이 밤을 뒤척이는가.
우리는 그 어린 소녀에게 무엇을 했는가.

6

포기는 배추 셀 때만 쓰는 거야

야, 임마. 태수야! 포기하지 마.

포기란 말은 배추 셀 때만 하는 거야. 알았지?

...

    그 녀석은 강원도 원주에서 나, 강석연 수산나 수녀를 똥개 훈련시킨 놈이다. 그러니까 그 녀석은 그날 밤 12시부터 새벽 4시까지 나를 치악재에서 중앙고속도로 신림 IC까지 계속 왔다 갔다 헤매게 만든 놈이다. 그 녀석은 오메오메, 머리의 두건이 벗겨지고, 속옷 바지가 수도복 아래로 길게 내려왔다는 사실조차 모른 채 나를 강원도 신림 지구대에 들어가게 한 놈이다.

태수. 그 녀석은 내가 근무하던 강원도청소년활동진흥센터에서 실시한 복교생 프로그램에 참가한 41명의 아이들 중 한 명이었다. 이들의 외적 공통분모를 열거하자면, 담배에 절고, 술은 음료수로 마시고, 총천연색 머리 염색을 하고, 밤새 오토바이를 타고 도로를 자유분방하게 누빈다는 것. 또한 부모의 방치로 인해 버릇이 없고 애정결핍과 열등감이 하늘을 찌르며, 거짓말은 그야말로 숨 쉬는 것처럼 한다.

복교생 프로그램은 이런 아이들이 3박 4일 동안 '자퇴'라는 이름으로 중단한 학교로 돌아가기 위해 머리에 쥐가 나도록 교육받는 자리다. 학교 복귀는 이 교육을 무사히 마쳤다는 '복교생수료증'이 있어야만 가능하다. 나와 태수 녀석과의 운명적 만남은 바로 복교생 교육이 한창 진행되던 중에 이루어졌다.

수녀 속바지까지 보이게 한 야수 녀석

녀석은 교육 3일째 되는 날 한밤중에 소동을 일으켰다. 이유는 자기에게만 담배를 주지 않았다는 것. 녀석이 교육관이 떠나가라 소리소리 지르고, 울고불고 하기 시작한 시각이 밤 12시 20분이었다. 녀석은 거기서 끝나지 않고 걸어서라도 집에 가겠다며 생떼를 부렸다.

나는 "그럼 데려다주마" 하고 야밤에 녀석을 차에 태우고 길을 나섰다. 차를 타고 한 바퀴 돌고 나면 녀석의 마음이 가라앉을 테고, 그러면 다시 돌아온다는 계산이었다.

차가 원주와 제천 사이에 있는 신림에 이르렀을 때 녀석이 느닷없이 내 얼굴도 쳐다보지 않고 한마디 튕겼다.

"왜 나는 담배 안 줬어요?"

사건의 내막은 이렇다. 41명을 소그룹으로 나누어 교육을 했는데 어느 그룹 교사가 어찌어찌하여 한 학생에게 담배 한 개비를 준 사실을 태수 녀석이 알게 된 것이다. 교사의 이유 있는 배려를 받은 그 학생은 어깨가 절로 올라갔다.

'얼마나 피우고 싶은 담배인데, 쌍, 왜 나는 주지 않는 거야?'

교사에게 따지자니 용기는 없고, 이 상대적 박탈감의 불똥 대상으로 녀석은 나를 택한 것이다. 이런 아이들일수록 정말 해야 할 사람에게는 하지 못한다. 그리고 엉뚱한 일을 벌인다.

운전석에 앉은 나도 녀석의 말에 핑퐁으로 대꾸했다.

"내가 줬니? 아니잖아. 그러니까 답변할 수 없어."

그러자 녀석이 "에이 씨" 하면서 안전벨트를 풀었다. 나는 동요되지 않고 차를 스르르 세우면서 침착하게 말했다.

"안전벨트는 매야지."

그랬더니 녀석은 "씨팔, 아우~~~"를 아주 거칠게 외쳐댔다. 차를 완전히 정지시키고, 이보다 더 친절할 수 없다는 자세로 안전벨트를 다시 매주려 하는데, 차 문을 열고 뛰어나가는 못된 녀석.

'아이고, 일 났네, 일 났어. 괜히 데리고 나왔네. 하느님, 예수님, 성모님.'

몽땅 불러도 대답이 없으시다. 그 지역은 섬처럼 가운데 놓인 동네 하나를 중심으로 돌아가는 삼각지처럼 도로가 나 있었다. 가운데 동네를 뱅글뱅글 돌다 원래 자리에 돌아와보니 벌벌 떨고 서 있는 그…… 녀석.

어서 타라는 내 말을 녀석은 '어서 가라'로 알아듣고 보란 듯이 걷는다. 힐끔힐끔 뒤돌아보며 '나 잡아봐라' 하며 떠나간다. 차를 세우고 달려가 붙잡았지만 나보다 훨씬 키도 크고 힘도 센 녀석은 가볍게 나를 뿌리쳤다. 저만치 멀어져가는 녀석. 나는 그놈이 다시 이 자리에 올 것을 알기 때문에 차를 몰고 돌아가는 삼각지 신림을 왔다 갔다 하며 30여 분을 보냈다.

예상대로였다. 어디 있다 나타났는지, 녀석이 쪼그리고 앉아 있다. 그런데 고개를 쭉 빼고 내가 모는 차를 발견하자마자 다시 일어나 슬금슬금 도망을 간다. 나는 그 녀석 옆으로 차를 바짝 대고선 말했다.

"얼른 타. 수녀님이 불행하게도 인내심이 별로 없어."

"그냥 가세요. 누가 탄대요? 왜 저한테 인내심을 가지세요? 가지지 마세요."

녀석이 한껏 불손하게 대꾸했다.

순간, 원천적 내 성질대로라면 "에라이 새끼야. 네가 내 아들이었으면 내 손에 죽었어. 알아?" 목청껏 소리 지르고 싶었으나 마음속으로만 외치고선 오장육부 다 빼버리고 말했다.

"얼른 타. 너무 추워 감기 걸린다. 어서."

"됐거든요? 죽든 말든 왜 수녀님이 신경 쓰세요? 일 없네요."

나는 붙어 있는 쏠개까지 잡아뗀다. 그리고 마지막이란 목소리로 "그래? 그럼 난 간다" 한마디 던지고 녀석에게 '본때를 보여주마' 하는 심정으로 속도를 높여 교육장이 있는 곳으로 힘껏 액셀을 밟았다. 그러면서도 가는 도중 가까운 신림지구대에 들어가서 녀석을 차에 태워달라고 부탁할 생각을 했다. 지구대로 가기 전 또다시 주변을 돌면서 녀석을 찾았다. 그런데 이번에는 녀석이 보이지 않았다.

'오 마이 갓!'

한 바퀴, 두 바퀴…… 한 시간이 넘도록 돌았지만 녀석은 나타나지 않았다.

'아이고 하느님, 예수님, 성모님, 제가 잘못했어요. 어떻게든 달랬어야 했는데…… 죄송해요. 성질부려서 죄송해요.'

무조건 지구대 문을 박차고 들어갔다. 경찰 아저씨 두 분이 나를 몹시 신기한 듯 바라보았다. '오밤중에 웬 수녀가 나타났으니 그럴 만도 하겠지' 생각했다. 숨넘어가게 상황 설명을 한 후, 녀석을 찾아

달라고 부탁하고 돌아 나오려는데 출입문 유리창에 머리부터 발끝까지 비친 내 모습이 참으로 가관이었다.

수도복 밑으로 아주 넉넉히 나온 속바지에다 두건은 벗겨져 머리 뒤편에 아슬아슬 매달려 있고, 그 바람에 고슴도치처럼 뻗쳐 있는 머리카락. 그래서 경찰 아저씨들이 나를 이상하게 쳐다봤구나. 그러나 그때는 창피한 줄도 몰랐다. 그 녀석 땜시.

"안 믿을지 몰라도…… 널 사랑하니까"

경찰 아저씨와 함께 순찰차를 타고 좁은 시골길을 헤드라이트보다 더 촉수 높은 두 눈으로 샅샅이 훑었다. 아무래도 녀석이 처음 그 자리에 있을 것 같은 예감이 들었다. 치악재에서 차를 돌리니 이번에도 예감은 맞아떨어졌다. 나의 애간장을 태운 죽일 놈의 태수, 그 녀석이 서 있었다. 녀석 옆에 순찰차를 세운 나는 정말 지쳐 있었다.

"이놈아, 어서 타라. 수녀님은 너보다 키도 작고 힘도 약해서 너를 억지로 태울 순 없어. 네가 결정해라. 그러나 나는 네가 타면 좋겠다."

"왜요?"

나는 숨을 한 번 크게 쉬었다. 그리고 말해주었다.

"네가 안 믿을지는 몰라도…… 널 사랑하니까."

"안 믿거든요?"

"믿어달라는 말 안 해. 감기만 걸리지 마. 타. 집에 데려다줄게."

녀석은 애초부터 집에 갈 마음이 아니었다. 그래서 경찰 아저씨가 대신 집으로 데려다주겠다고 말하자 대뜸 교육장으로 돌아가겠다고 했다. 자기를 찾으려고 경찰까지 출동한 사태에 녀석은 적잖이 놀란 눈치였다.

나와 태수의 연가

녀석을 차에 태우고 무사히 교육관으로 돌아왔다. 아마 새벽 4시쯤 되었을 것이다.

"담배 한 대 줘요."

도착하자마자 녀석이 한 말이다. 나는 자고 있던 남자 교사를 깨워 담배 한 개비를 얻어서 녀석에게 건넸다. 그리고 녀석이 담배를 아주 맛있게 밖에서 다 태울 때까지 옆에서 기다렸다. 담배 필터를 힘껏 빤 후 연기를 내뿜는 녀석의 목덜미 밖으로 굵은 힘줄이 선명하다. 담배 한 대로 표현된 녀석의 외로움, 자기 힘으로 어쩔 수 없는 가정사 앞에 무방비 상태로 서 있는 녀석의 어린 목덜미가 슬프다. 가슴 저 끝이 몹시 아려왔다.

포기는 배추 셀 때만 쓰는 거야

두 달이 지났다. 녀석을 다시 만난 곳은 학교가 아닌 춘천 보호관찰소였다. 이번에는 다소곳이 앉아 있었다. 복교생수료증은 받았으나 학교로 돌아가기 전에 또 사고를 쳐서 보호관찰을 받고 있는 것이다. 그래도 다시 시작하고픈 마음으로 머리 염색도 풀고, 단정한 모습이었다. 창문 너머로 녀석을 보노라니 지난 겨울 '나와 녀석의 연가'가 떠올랐다. 나는 그 녀석에게 눈으로 힘껏 말해주었다.

'야 임마, 태수. 넌 내가 쭈욱 지켜볼 거야. 짜~식.'

• 강원도청소년활동진흥센터 www.gwysc.or.kr

상한 갈대를 꺾지 않으신 그리스도를 본받으십시오.

예방교육은 그리스도적 인간관에 뿌리를 둔 교육이며 그리스도가 바로 예방교육자의 모델입니다. 그분께서 인간을 바라보는 시선, 상한 갈대를 꺾지 않고 꺼져가는 심지를 끄지 않으시는 그 시선으로 부모와 교육자는 아이들을 바라보고 인내롭게 사랑해야 합니다.

　돈보스코는 '인내와 희망'을 주제로 당신을 따르는 회원들에게 이렇게 말합니다.

　"사랑하는 여러분! 저기 정원사를 보십시오. 작은 식물을 키우기 위해 얼마나 보살피는지요. 그는 그 작은 식물이 시간과 함께 많은 것을 주리라는 것을 알고 있습니다. 우리의 노고가 결실을 맺기를 바란다면 어린 묘목에게 많은 정성을 들여야 합니다. 안타깝게도 이런 수고와 정성에도 불구하고 접붙인 가지가 말라버리거나 잘못되기도 합니다. 그래도 참으로 정성을 기울인다면 대부분의 경우 어린 묘목들은 잘 자라납니다. 혹 잘 안 되는 경우에도 화를 내지 마십시오! 순간적인 격정에 사로잡히지 마십시오. 지속적인 인내와 한결같은 수고가 필요합니다."

그래서 우리는 태수 그 녀석에게

이렇게 외칩니다.

"야, 임마. 태수야! 포기하지 마.

포기란 말은 배추 셀 때만 하는 거야.

알았지?"

"I can do it!"

이제 우리는 동료

"선생님은 어떤 마음으로 아이들을 가르치시나요?"

"저는 단지 예전 선생님들이 저에게 하신 대로 하고 있습니다."

...

^{수철} 2011년 5월 5일. 나는 한국아동복지협회에서 주최한 어린이날 기념식에서 살레시오청소년센터(구 살레시오 근로 청소년 회관) 목공예치료사로 국무총리 표창을 받았다. 그날 신부님, 수사님, 동료 선생님들로부터 많은 축하를 받았다. 특히 내가 가르치는 아이들의 축하를 받을 때는 감회가 참으로 남달랐다. 왜냐하면 23년 전, 나도 우리 아이들처럼 살레시오청소년센터 기숙생으로 살았기 때문이다.

점심식사를 마치고 봄 기운이 올라오는 센터 운동장에서 아이들이 소리를 지르며 뛰놀고 있다. 어린 시절의 내가 놀고 있다.

_{황수사} 저는 그때 센터 관장으로 있던 황복만 필립보네리 수사입니다. 어느 날 열네 살 먹은 수철이가 저희 집에 왔습니다. 척 보니, 숫기 없는 얼굴에 내성적인 아이였어요. 입은 꼭 다물고 이리저리 두리번거렸지만 사람과 눈을 마주치길 거부했죠. 저희 센터에 오는 아이들 가정환경이 그렇듯 수철이네도 예외는 아니었어요. 건설 현장 일용직으로 생계를 꾸려가는 아버지는 일이 힘들다 보니 술을 자주 드시고 가족에게 폭력이 잦았습니다. 결국 엄마는 수철이가 초등학교 3학년 때 집을 나갔어요. 그때부터 수철이와 남동생은 비행을 저지르기 시작했지요.

흔히 사춘기를 '질풍노도의 시기'라고 합니다. 이 시기에는 뭔가가 뒤틀립니다. 그래서 부모가 있는 가정의 아이들도 한 번쯤 집을 벗어나고픈 충동이 일어납니다. 하물며 부모마저 자식을 놓고 나가버린 가정의 아이들이야 마음의 충동이 오죽하겠습니까. 여자아이들은 초등학교 때는 힘없이 보내다 중학생이 되면 부모의 부재에 대한 억울함과 분노를 표출합니다. 그러나 남자아이들은 훨씬 빠릅니다. 즉시 비행을 합니다. 그런 수철이가 아버지에게 붙잡혀 상담소를 거쳐 우리 기관에 온 거죠.

내 인생이 새롭게 커브를 돌던 날

수철 1990년 2월 마지막 날 금요일을 나는 잊지 않는다. 내 인생의 방향이 새롭게 커브를 도는 그 시작의 날을…….

처음 만난, 키도 작고 배도 나온 황 수사님은 동네 아저씨 같았다. 나는 그분이 우리 센터 관장님이라는 것을 한참 후에야 알았다. 아마 다른 아이들도 나와 비슷했을 것이다. 그냥 우리랑 같이 사는 아저씨 한 분이라고 생각할 정도로 수사님은 자신의 직책을 티내지 않으셨다. 오로지 아이들 한 명 한 명의 사정에 대해 아시고 뒤에서 잘 해주려 애쓰셨다는 사실도 나는 이렇게 뒤늦게 깨닫고 있다.

센터에서 나는 막내였다. 형들은 오전에는 목공 기술을 배우고 야간에는 공부하며 검정고시를 거쳐 중학교 졸업 자격을 취득했다. 대부분 나이가 많았기에 방송통신고등학교에 진학을 했다. 그런데 황 수사님은 내가 검정고시로 중학교를 졸업하자 정규 고등학교에 다니길 권하셨다. 내가 그때 딱, 고등학교에 입학할 나이였기에 학교생활을 할 수 있도록 배려해주신 것이다.

수사님은 내가 정규 학교를 다니면 센터 프로그램에 거의 참석하지 않고 학교도 그저 왔다 갔다 할 거라는 사실을 미리 감지하면서도 나를 학교에 보내셨다. 그런 배려에 대해 지금은 진심으로 감사드리지만 그때는 불만이 많았다.

'왜 나만 학교에 가라는 거야. 형들처럼 주말에만 학교에 가고 빨리 기술을 배워 취업해서 돈을 벌고 싶은데…….'

그때 나는 빨리 돈을 벌고 싶은 마음뿐이었다.

황수사 ˙ 저는 항상 아이들을 단순히 교육하는 것으로 끝나는 것이 아니라 우리의 교육을 이 아이들이 이어가야 한다고 생각했습니다. 장가를 가서 자식에게, 또는 이웃에게 자기가 받은 교육을 전달할 수 있어야 한다고요. 그래서 저는 수철이처럼 정규 학교 입학 가능성이 있으면 학교에 보냈습니다.

수철 ˙ 나는 영등포공업고등학교 야간반에 입학했다. 학교를 다니며 친구들과 술을 먹고 늦게 들어올 때도 종종 있었다. 수사님이 귀가 시간이 늦은 것에 대해 물으시면 나는 술 냄새가 많이 남에도 불구하고 거짓말을 했다.

"버스에서 졸다가 늦었어요."

그러면 수사님은 "그래, 늦었으니 들어가서 자라" 짤막하게 말씀하셨다. 다 아시면서도 넘어가주신 것이다.

고등학교 1학년 때의 일이다. 나는 다른 아이들처럼 엄마, 아버지가 계시는 가정에서 살지 않고 센터라는 시설에서 산다는 것이 창피했다. 그래서 절친한 그 친구에게도 그것을 비밀 아닌 비밀처럼 말하지 않았다. 그 친구가 나를 좋지 않은 눈으로 보고 거리를 둘까봐 두려웠기 때문이다. 그렇게 1년을 보냈다. 2학년으로 올라갈 때 나는 그 친구와 다시 같은 반이 되어 계속 사귀고 싶었다. 그래서 하느님께 빌었다.

"하느님, 그 친구와 같은 반이 되게 해주십시오. 그러면 친구에게 제 상황에 대해 솔직히 이야기하겠습니다."

하느님은 내 편이셨다. 어느 날 친구에게 내가 센터에서 살게 된 우리 집 형편을 이야기했다. 친구는 특별한 반응을 보이지도 않을뿐더러 오히려 나를 이해해주었고 우리 둘은 더욱 친해졌다. 학교생활도 더 즐거워졌다. 그때 알았다. 인간관계에서는 솔직한 게 좋다는 것을.

나는 집에서 지낼 때보다 센터에서 훨씬 사랑도 받고 걱정 없이 편하게 살았다. 그러나 몸이 아파 혼자 누워 있을 때는 부모님, 특히 엄마가 보고 싶었다. 나에게 약을 챙겨주는 엄마, 아픈 내 이마를 짚어주는 엄마의 손길이 그리웠다. 다행히 아픈 날은 극히 드물었다.

고등학교 졸업 후에도 무조건 빨리 돈을 벌고 싶었으나 인하전문대 건축과에 입학했다. 황 수사님이 내 등을 떠밀다시피 해서 공부를 계속하게 된 것이다. 수능 준비를 위해 수사님은 나를 국, 영, 수 단과 학원에도 보냈다. 그러나 내 마음이 대학에 있지 않고 돈에 있었으니 수능시험 결과가 좋을 리 없었다. 시험을 마친 나는 센터에 연락도 없이 친구와 놀다 밤늦게 들어갔다. 그때도 수사님은 아무 말씀 없이 넘어가주셨다.

^{황 수사} 수철이는 대학을 졸업하고 군대를 다녀왔습니다. 저는 이 녀석을 우리 센터의 목공 교사로 취업시켰죠. 기대에 어긋나지 않았어요. 잘해냈습니다. 기능대회에 나가서 입상도 하고요.

그림자처럼 내 뒤에 쭉 계셨던 그분

^{수철} 내 인생을 돌아보면 거기엔 그림자처럼 수사님이 계셨다. 그분은 나뿐만 아니라 센터 아이들의 상황에 맞는 인생 설계도를 그려놓고 우리가 그 길을 선택하고 걸어갈 수 있도록 도와주고 기다려주셨다.

현재 나는 어린 시절의 손때가 묻어 있고 입김이 서려 있는 나의 집, 나의 센터에서 12년째 목공예치료 실습교사로 아이들을 가르치고 있다.

어느 날 누가 물었다.

"선생님은 어떤 마음으로 아이들을 가르치시나요?"

나는 그때 자연스럽게 대답했다.

"저는 단지 예전 선생님들이 저에게 하신 대로 하고 있습니다."

목공 기술을 가르칠 때는 방부혁 목공 선생님처럼 가르친다. 그 선생님은 아주 엄하셨다. 그러나 형들이 상당히 좋아하고 따랐다. 선생님은 잘하는 아이보다 열심히 하는 아이들을 더 믿어주고 지지해주셨다. 그 모습이 참 매력적으로 다가왔다. 그래서 나도 그런 아이들을 더 지지해주는 교사다.

나는 또 센터 아이들이 무엇을 원하는지 누구보다 잘 알고 있다. 그 옛날 센터에 살 때 가장 기분 좋은 일은 "우리 수철이 정말 잘했네" 하고 칭찬받는 거였다. 내가 조금만 열심히 생활하면 센터 어른들이 항상 놓치지 않고 해주던 칭찬 말씀. 어떻게 잊을 수 있겠는가. 어린 나는 그 칭찬 때문에 센터에서 내가 최고로 잘난 줄 알고 기고만장하며 즐겁게 살았다. 이것이 나에게 가장 좋은 추억이며 재산이다. 그러므로 나 또한 나를 칭찬해준 어른들처럼 아이들의 조그마한 것도 그냥 넘어가지 않고 꼭 칭찬해주려 한다. 그러면 더 열심히 하려고 애쓴다는 것을 알기 때문이다.

무엇보다 아이들의 미래를 위해서 황 수사님처럼 그 아이가 좋아하는 것을 찾아주고, 나아가 자연스럽게 직업으로 이어질 수 있도록 도와주려고 한다. 수사님이 나를 믿어주고 지지해주고 사랑으로 키워주셨듯이, 뒤에서 밀어주고 기다려주런다.

^{황수사} 수철이는 센터의 목공 교사로 근무하는 동안 참한 반려자를

아이들과 놀며 환하게 웃고 있는 수철 선생님

"교육은 마음의 일입니다.
교육은 '영혼을 구하는 것'입니다."

- 돈보스코

만났습니다. 결혼식 때 기뻐서 한마디 했지요. 내가 수철이를 업어 키우다시피 했는데 이렇게 잘 커서 장가도 가니 정말 자랑스럽다고요. 참 세월 빠르네요.

현재 저는 센터를 떠나 충남 태안에 있는 살레시오 내리 캠프장 관리를 맡고 있습니다. 여름과 겨울 캠프 기간이면 수천 명의 젊은이들이 찾아옵니다. 지난여름엔 센터 아이들도 왔습니다. 물론 수철 선생님도요.

제가 참 흐뭇했던 일이 있습니다. 그러니까 캠프 이틀째 밤이었어요. 모두들 숙소에 들어간 깊은 밤이었는데, 저만치서 수철 선생이 캠프장 언덕길을 혼자 내려가고 있었습니다. 그냥 내려가는 게 아니라 양 옆을 여기 기웃, 저기 기웃 하더군요. 혹, 유혹에 빠진 아이는 없나 살피는 거지요. 가다가 땅에 떨어진 쓰레기도 주우면서요. 밤마다 캠프장을 한 바퀴 돌던 차에 언덕 위에서 우연히 그 광경을 보고 저는 속으로 생각했지요.

'우리 수철 선생이 나를 많이 닮았네.'

하하, 그날 달빛이 참 환했습니다.

• 살레시오청소년센터 www.isalesio.net

이제 우리는 동료

돈보스코 예방교육 영성

예방교육은 이웃에 대한 실질적인 사랑의 실천을 가르칩니다.

돈보스코는 함께 사는 소년들을 자신처럼 청소년들을 위한 삶으로 초대합니다.

"사랑하는 나의 아들들! 돈보스코를 사랑합니까? 이곳 기숙사에서 신학 공부를 하지 않겠습니까? 때가 되면 돈보스코를 도와주겠습니까?"

그는 소년들에게 '이웃에 대한 실질적인 사랑의 실천'이라는 이상을 제안합니다. 그리고 소년들 가운데 자신의 조력자와 지도자의 역할을 할 수 있는 청소년들을 찾아 교육한 결과, 그 안에서 2천 명도 넘는 사제들이 탄생합니다.

돈보스코의 첫 후계자 루아 신부는 여덟 살 꼬마 때 돈보스코를 만납니다. 루아는 그때부터 거의 모든 시간을 돈보스코와 함께 지냈고 나중에 자신도 사제가 됩니다.

예방교육은 청소년들 안에 있는 '선'함을 이끌어내고 활성화하는 교육입니다. 그들 안의 선을 끌어내고자 하는 확고한 교육적 사명이 가르침의 토대입니다.

8

그래도 용서는 벌을 이긴다

아이들은 사람의 내면을 보고 판단한다.

그러나 어른들은 아이의 행동을 보고 판단한다.

...

벌

"빨랫줄에 걸린 옷은 다 내 옷이에요. 한 번 본 길은 머릿속에 사진
처럼 박혀요."

도벽이 심한 어느 소녀의 말이다. 소녀는 친오빠와 단 둘이 살았
다. 오빠는 어린 여동생을 데리고 다니면서 도둑질을 가르쳤다. 안

하겠다고 하면 소녀의 머리를 도랑에 쥐어박았다. 그러면서 배웠다.

초등학교 3학년 중권이도 소녀처럼 도둑질이 너무나 자연스러운 소년이었다. 다섯 살까지 중권이를 키운 양부모는 도벽에 진저리를 치다 내가 있는 돈보스코집에 맡겼다. 그때 중권이의 몸 여기저기에는 멍 자국이 가득했다. 양부모는 집 안팎에서 도둑질을 하는 중권이의 버릇을 매로 다스리려 했다. 그러나 아이의 버릇은 고쳐지지 않았다. 양부모 집에서 새로운 터전으로 짐 보따리를 옮긴 중권이는 도벽의 터전도 새롭게 바뀌 여전히 진행시켰다. 오늘도 학교에서 돌아온 만수가 제보를 주었다.

"수사님, 중권이가 또 슬쩍 했어요."

나(백준식 분도 수사)와 사는 아이들은 대부분 가출은 기본이요, 절도 등 크고 작은 비행 경력을 훈장처럼 달고 있다. 아이들은 일을 저지르고는 야단맞는 걸 당연히 여기고 미리 마음의 준비를 한다. 이때 매를 맞는다면 아이는 단지 맞은 부분이 아파서 울 뿐이다. 그래서 아이들이 실수를 하거나 잘못할 때 나는 야단치지 않는다. 왜? 그 방법으로는 고쳐지지 않음을 알기 때문이다. 대신 나에겐 무언의 프로그램이 있는데 '음악 감상'이다. 그동안 자신들이 접한 어른들과 다른 모습을 내가 보여줄 때 아이들의 생각이 변할 것이라 믿었다. 그래서 아이들이 실수하고 잘못하는 그 순간을 나는 교육의 기회로 삼았다.

도둑질을 하고 돌아온 중권이에게도 마찬가지였다.

중권이를 포함하여 아이들의 도벽이 발견되거나, 그에 대한 제보가 들어오면 나는 그 아이를 위해 조용한 방을 준비한다. 책상 위에는 메모지와 연필, 그리고 쟁반에는 평소 아이가 즐겨 먹는 과자와 음료수가 있다. 이렇게 준비해놓은 방에서 아이 혼자 조용히 30분 동안 있게 한다.

잔잔한 음악이 흐르는 방 안에서 아이는 과자도 먹고 음료수도 먹는다. 또 백지에 스스로 반성문도 적는다. 누가 쓰라고 하지 않았는데도 아이는 건성이든 진심이든 스스로 잘못했다고 쓴다.

중권이도 이런 후속절차를 밟았다. 혼자 방 안에서 자기가 좋아하는 쥐포와 콜라를 맛있게 먹고, 죄송하다고 썼다. 나는 아무 말도 하지 않았다. 아이는 또 훔쳤다. 나도 또 그렇게 해주었다. 중권이는 계속 '음악 감상'을 했다. 많은 사람들이 이런 나를 아이가 이용한다고 했다. 그러나 나는 그러면서 아이와 신뢰 관계가 형성된다고 믿었다. 아이는 음악 감상을 하며 틀림없이 이런 생각을 할 것이다.

'저 어른, 정말 나를 위해 이러는 거야? 아니야, 쇼일 거야. 또 훔쳐도 해주는가 봐야지.'

아이의 도둑질은 계속되었고 '음악 감상'도 연속으로 진행되었다.

"야단맞을 줄 알았거든요. 벌 받을 줄 알았거든요. 그런데 여기서는 나에게 그렇게 하지 않았어요. 지금까지 만난 어른들과는 달라요.

그래도 용서는 벌을 이긴다

정말 나를 사랑했어요"라고 느낄 때까지.

그러니까 나의 도벽 프로그램은 아이에게 사랑을 전달하는 게 목적이며, 결국 이 사랑의 힘이 아이의 도벽을 사라지게 한다고 나는 믿었다. 사랑하는 사람의 마음을 아프게 하고 싶지 않아서 아이는 나쁜 습관을 멈추게 될 거라고.

그해 구정이 며칠 지난 어느 날이었다. 중권이가 학교 친구의 세뱃돈 4만 원을 훔쳐서 그 돈으로 과자와 장난감을 사고 남은 돈을 가지고 저녁 늦게 들어왔다. 나는 중권이를 음악 감상 방으로 모시기 전에 사무실로 불렀다. 그리고 중권이에게 말했다.

"중권아, 그 돈은 남의 돈이니 갚아주어야 해. 그런데 네가 갖다주면 너를 도둑인 줄 알거야. 난 중권이가 도둑이 되는 거 싫다. 그러니 내가 돌려주고 오마. 가서 이렇게 말하마. '친구야, 내가 중권이 아빤데 자식 교육을 잘못시켰구나. 그러니 나를 용서해라.' 내가 돌아올 때까지 중권이는 과자 먹고 음악 들으면서 방에서 기다려라."

그리고 정말 나는 그 집을 다녀왔고, 중권이에게 말했다.

"중권아, 그 친구는 너와 나를 용서해준다고 했어. 이제 용서받았으니 앞으로 잘 지내면 되는 거야."

그때까지 표정 없이 듣고 있던 중권이를 가까이 가서 안아주었다. 나에게 안긴 중권이가 꺼이꺼이 동물처럼 울부짖기 시작했다. 워낙 맷집이 강하여 어지간한 일로는 울지 않는 녀석의 울음은 그치지 않았다. 중권이는 진심으로 마음이 아팠던 것이다.

그 후 나는 돈보스코집을 떠났다. 그리고 몇 년 뒤 중권이를 다시 만났을 때 농담 반, 진담 반으로 물었다.

"너 요즘도 쓰윽 하니?"

나의 질문에 중권이는 마치 남의 말을 하듯 대답했다.

"사실 수사님과 그런 일이 있은 후에도 또 훔치려고 했어요. 그런데 나도 모르게 딱 발길을 돌리는 거예요. 그러고는 지금까지 안 하는 거예요."

용서

오늘은 6학년 종교 수업이 있는 날, 내(송정연 아네스 수녀)가 가장 힘들어하는 수요일이다. 위로 무서울 것 없고, 거칠 것 없는 천하무적 아이들. 그야말로 그들 관심 밖의 나의 종교 수업은 1 대 100의 고달픈 싸움이다. 아이들의 관심 유도를 위해 게임을 시도했다가는 되레 그 흥분의 도가니를 감당하기 힘들고, 심성 프로그램으로 접근했다간 제 각각 따로국밥 수업이 되기 십상이다.

수업시간마다 애를 먹이는 재석이 녀석과의 만남을 생각하며 먼저 성당에 들러 흔들리는 마음을 부여잡는다.

"주님, 오늘은 제가 아이들에게 지지 않고 이기는 하루가 되게 해주십시오."

그럼에도 학교로 향하는 나의 발걸음도 마음도 영 확신이 서지 않는다. 드디어 대망의 첫 종교 수업 시간!

"자, 사랑하는 친구들! 오늘은 우리 선조들이 종교박해 시대에 어떤 신념으로 살았는지 알아보고, 종교의 자유가 보장된 우리 친구들은 어떤 마음가짐으로 예수님을 바라보는지 이야기를 나누어보기로 해요. 피곤한 친구들은 조용히 엎드려 쉬는 것은 좋지만 수업을 하고 싶은 친구들이나, 수업을 진행하는 수녀님에게 방해가 되는 행동은 안 됩니다. 약속할 수 있지요?"

재석이 녀석이 위로 번쩍 손을 들어 올림과 동시에 하고 싶은 말을 던진다.

"진짜 엎드려서 자도 돼요?"

"그럼요. 양심껏 쉬는 것을 가지고 수녀님은 뭐라고 하지 않겠어요. 단, 자기의 자유나 권리만 생각하는 것이 아니라 타인의 권리도 생각해주는 성숙한 행동이 필요해요. 수녀님은 수업할 권리를 침해받고 싶지 않아요. 알겠죠?"

"네."

'오우, 오늘은 대답이 순수하게 잘 나오네. 그래 제발 내 말만 끊지 말아다오.'

하지만 이런 행복을 맛도 보기 전에 슬슬 가동하는 재석이의 행동 거지가 나의 시야에 포착된다. 그렇게 다짐하고 약속을 했건만 재석이는 엎드린 지 1분도 되지 않아 옆 친구의 필통을 숨기더니, 어떻게 앞 친구의 책에 기습적으로 낙서까지 해버린다. 나는 녀석에게 걸려들지 않으려 애써 못 본 척, 시선을 다른 쪽으로 돌리고 목소리를 높여가며 겉으로는 순조롭게 수업을 진행하고 있었으나 속에서는 부글부글 끓었다.

'그럼 그렇지. 너를 믿은 내가 바보지. 아이고, 내 팔자야.'

점점 행동 반경이 커지는 재석이 때문에 내 혈압은 올라가고 이마엔 천川 자 주름이 잡힌다. 눈꼬리가 올라가기 시작하고 머리 뚜껑이 열리기 직전, 나는 탁 누르고 재석이에게 말했다.

"재석아! 수업 전에 수녀님하고 한 약속 벌써 잊었니? 수업에 참여하려면 제대로 하고 쉬려면 아예 쉬라고 했는데?"

"알았어요. 쉬면 되잖아요."

그러나 어쩜 그렇게 내 말이 끝나고 1분을 못 견디는지 또다시 꼬물거리는 재석이의 행동에 나의 반응도 더욱 빨라진다.

"오늘 이상하게 약속을 안 지키는 친구가 있네. 왜 그럴까? 어떻게 도와줘야 할까?"

"쟨 그냥 놔둬야 해요. 말해도 소용없어요. 원래 그렇거든요."

민수가 나를 달랜다.

"원래 그런 게 어디 있니! 솔직히 수녀님은 이렇게 산만한 분위기에선 너희에게 해주고 싶은 말이 다 도망가버리거든? 재석아, 잘 생각해보고 선택해라."

"알았어요. 진짜로 조용히 할게요. 약속해요."

"그래. 정말 약속했다? 수녀님은 널 믿어!"

하지만 역시 믿는 도끼에 발등 찍히는 건 정답이다. 3분을 못 넘기는 재석이의 행동에 오늘도 난 폭발하고 만다.

"이재석! 안 되겠다. 넌 지금 수녀님과 친구들의 수업 권리를 빼앗고 있거든? 너에게 주어진 기회를 네 스스로 포기했으니 할 수 없다. 뒤로 나가!"

"진짜 마지막이에요. 한 번만 더!"

"안 돼! 그리고 수업 끝나고 남아!"

책상을 붙잡고 뭉개는 재석이를 최대한 무표정과 침묵으로 뚫어져라 응시했더니 할 수 없이 일어나 뒤로 나간다. 나는 부글거리는 속을 진정시키며 종이 울릴 때까지 수업을 진행했다. 무슨 말을 했는지는 나도 모른다. 수업 후 재석이를 불렀다.

"재석아, 도대체 내가 어떻게 해줘야겠니? 수녀님이 너에게 이런 방법, 저런 방법, 할 수 있는 것은 다 찾아서 제안해봤는데 넌 약속만 하지, 지키지를 않잖아. 계속 이런 식이면 도저히 너랑 수업을 할 수 없어. 그러니 너 스스로 방법을 찾아봐라."

나는 이렇게 심사숙고를 거듭하는데, 재석이는 오늘도 변함없다.

"수녀님, 진짜 다음엔 정신 차리고 잘해볼게요. 이번만 용서해주세요."

"미안하지만 솔직히 이젠 너의 말을 믿을 수가 없어."

"예수님도 잘못한 사람은 일곱 번씩, 일흔 번이라도 용서해주라고 했잖아요."

어이구, 어이구, 성경말씀을 이럴 땐 잘도 끌어다 쓴다. 꼭 자기에게 필요한 말만 기억한다니까. 이런 녀석에게 나 또 쓰러져? 안~돼~~.

"아쉽게도 수녀님은 예수님이 아니거든? 그리고 아직 그 경지가 아니거든?"

"그래도 수녀님은 예수님의 말씀을 실천하려고 노력하는 사람이 잖아요."

"노력한다고 모든 것이 다 되는 것은 아니란다. 수녀님도 한계가 있어."

"저도 진짜 노력하지만 한계가 있어요. 정말이에요."

'진짜'와 '정말'이라는 단어를 번갈아 쓰며 나를 설득하고, 내가 당당히 내세운 '한계'라는 카드까지 자기 비책으로 내세우는 얄밉지만 지혜로운 녀석에게 나 또 할 말 잃어? 안~돼~~. 하지만 정말, 진짜 나는 할 말이 없었다.

'말은 청산유수네. 내가 또 너를 믿어보리?'

그렇게 속으로만 웅얼거리며 내 입에서 나오는 말은 이랬다.

"그래. 그럼 너의 한계를 극복할 구체적인 방법을 찾아서 나에게 알려주면 수녀님도 도와줄게. 너를 다시 한 번 믿고 오늘은 용서한다. 그리고 너! 그렇게 자기 필요할 때만 예수님 말씀 인용하지 마라. 솔직히 얄밉다."

"저도 예수님 좋아해요."

휭~, 안타를 날리고 교무실을 빠져나가는 재석이를 보며 나는 또다시 예수님께 넋두리를 한다.

"주님, 오늘도 제가 졌지요? 그런데 오늘 진 것은 기분이 좋네요. 제가 사용해야 할 주님 말씀을 그 녀석이 썼으니까요. 이런 식으로라도 머리에 하나씩 담아가다 보면 언젠가는 행동도 바뀌겠지요? 다음 시간에 또다시 발등을 찍힐지라도 일단 오늘은 믿고 넘어갈게요."

돈보스코 예방교육 영성

용서한다는 것은 영원히 잊어버리는 것입니다.

돈보스코는 늘 이렇게 말했습니다.

"벌은 불행하게도 때때로 필요한 것입니다만 가능한 한 천천히 주십시오. 그리고 벌을 이해시키십시오. 벌을 인정하게끔 하십시오. 그의 마음에 호소하십시오. 무엇보다 중요한 점은 아이에게 수치심이나 창피를 주어서는 안 된다는 것입니다. 나쁜 반응을 초대할 수 있기 때문입니다."

돈보스코에게 양심(종교적 심성=종교)을 뺀 교육은 아무런 의미가 없는 것이었습니다. 양심 없이는 청소년 교육이 불가능하다고 보았습니다. 그래서 그의 예방교육은 강요가 아니라 지성과 마음, 그리고 모든 인간 내면에 존재하는 양심에 호소합니다. 그는 신중함과 인내를 최대한 기울여 청소년이 이성과 양심의 도움으로 자신의 잘못을 스스로 깨우치도록 이끌어야 한다고 말합니다.

그는 또한 교육자의 벌은 나쁘게 행동한 아이를 더 좋게 만들자는 취지이지 부모와 교육자의 분노나 나쁜 기분을 발산하는 것이 목적이 아님을 강조합니다. 만약 처벌 때문에 학생이 교육자로부터 멀어지거나 돌아선다면 어떠한 경우라도 '교육적인 행위'라고 할 수 없다고 돈보스코는 분명하게 말합니다.

돈보스코는 또 용서에 대해 이렇게 말합니다.

"용서한다는 것은 영원히 잊어버리는 것임을 명심하십시오."

세상은 자기 혼자 못 살아요

수사님의 짐을 덜어주려고 일찍 독립을 결심했던 거예요.

그게 제 자립의 진짜 이유였어요.

...

계모는 아침 일찍 광수 손을 붙잡고 살레시오나눔의집*에 들어섰다.

"애를 이곳에 맡기고 싶어요. 키울 형편이 안 되거든요. 남편이 갑자기 사고로……. 참말로 이년은 왜 이리 복자가리가 없는지……."

계모는 자신의 신세타령을 곡하듯 쏟아놓고선 치맛자락을 날리며 떠나갔다. 광수의 불끈 쥔 두 주먹이 등 뒤에서 부들부들 떨렸다.

'좋아. 모두들 가라. 떠나가라. 난 당신들처럼 살지 않을 거야.'

광수는 자기를 버린 친엄마와 계모에 대한 미움과 분노를 담배와 술과 함께 삼키며 간신히 중학교 졸업장을 손에 쥐었다. 그러고선 어느 날 자립을 하겠다고 선언했다.

"내가 없을 때 그 아이들이 쉴 곳이 없어요"

"신부님, 그리고 수사님, 저 많이 생각한 끝에 결심했습니다. 제가 자립할 수 있도록 도와주시면 그 은혜 잊지 않겠습니다."

구체적인 계획도 덧붙였다.

"불량한 친구들을 떠나 다른 지역에서 새롭게 시작하고 싶습니다. 고등학교는 저 스스로 돈을 벌어 검정고시를 칠게요."

광수의 결심은 시설의 도움을 받지 않고 살아보겠다는 강한 의지에서 나온 것이었기에 비굴하지 않았다. 책임자인 김종수 신부와 분도 수사는 며칠 생각한 끝에 결정을 내렸다. 광수의 진정성 있는 자립 의지는 받아들여졌다.

분도 수사는 광수의 바람대로 서울을 벗어난 대전에 광수가 지낼 방을 얻고, 당장 필요한 가전제품을 구입하러 재활용센터를 찾았다.

"광수야, 밥솥 크기 좀 봐라. 이거 어떠냐?"

"수사님, 그건 너무 커요."

"야 임마, 우리가 가면 밥도 안 줄래?"

"아, 맞다. 밥솥은 큰 걸로, 큰 걸로 해요."

중고 냉장고, 세탁기, 밥그릇, 국그릇, 숟가락, 젓가락, 찬장, 냄비 등을 마련해주고 분도 수사는 발길을 돌렸다.

광수는 중국집 아르바이트를 시작했다. 그리고 검정고시 학원에도 등록했다. 분도 수사는 두 달에 한 번씩 광수를 찾아갔는데 갈 때마다 방 문이 열려 있었다. 처음에는 '녀석이 깜박 잊었나?' 했다.

"광수야, 가져갈 것도 없지만 방 문은 걸고 다녀야지."

광수는 문 잠그는 것을 잊어버린 게 아니었다.

"이 동네에 와서 사귄 아이들이 몇 명 있는데, 내가 없을 때 그 아이들이 쉴 곳이 없어. 그러면 다른 곳에 가서 나쁜 짓을 하잖아요. 그래서 방 문을 안 걸어요."

이렇게 말하고선 잠깐 머뭇거리다 다음 말을 이었다.

"그리고 돈도 방에 조금 놔둬요. 그 아이들이 필요하면 쓰라고요."

자기도 어려운 가운데 광수는 남을 배려하며 살고 있었다.

2년이 흐른 어느 날, 광수가 자신을 찾아온 분도 수사에게 저녁을 사드리겠다고 나섰다. 설렁탕 그릇을 다 비울 즈음 광수는 미리 준비한 봉투를 내밀었다. 봉투 안에는 자립할 때 마련해준 살림살이 일부 값이 들어 있었다.

"공짜로 받고 싶지 않은 제 마음이에요. 수사님, 이 돈은 저와 같은 아이를 위해 또 써주세요."

광수는 그때까지 전에 구입했던 살림살이 가격을 모두 기억하고 있었다. 서울로 올라오는 버스 안에서 분도 수사는 광수 녀석의 지난 일을 떠올렸다. 아마 광수가 중3 때 저지른 일로 기억된다. 녀석이 어느날 친구들과 슈퍼에서 과자를 털었다. 그런데 자기를 제외한 친구 세 명이 다 붙잡혔다는 소식을 알게 된 광수는 즉시 지구대를 찾아가 용서를 구했다.

"제가 주범입니다. 그러니 제 친구들을 용서해주시고 보내주십시오. 제가 모든 벌을 받아야 합니다."

경찰은 이런 녀석은 처음 봤다며, 그날 광수와 아이들을 간단히 훈방하고 모두 돌려보냈다.

은메달을 목에 걸고 중국집으로

가을이 되었다. 날씨가 쌀쌀해지니 보일러도 살필 겸 분도 수사는 광수를 만나러 대전에 내려갔다. 한 번 낙방하고 다시 도전한 검정고시 결과가 궁금하여 물었을 때 뜻밖의 사실을 알게 되었다. 응시를 안 했다는 것이다.

'아니, 어찌 이런 일이……. 1년 동안 그렇게 열심히 준비한데다 합격도 자신 있어 하지 않았던가.'

그러나 광수는 담담하게 대답했다.

"제가 근무하는 중국집에서 그날 일요일에 큰 행사가 있었어요. 사장님이 저 대신 일할 사람이 없다고 해서 시험을 포기하고 일을 했어요."

그러면서 하는 말은 이랬다.

"세상은 자기만을 위해선 살 수 없잖아요. 수사님, 괜찮아요. 검정고시는 나중에 또 봐도 돼요."

다음 해 4월, 광수는 대입검정고시에 당연히 합격했다. 합기도 사범이 되겠다는 새로운 꿈도 꾸기 시작했다. 중국집 아르바이트를 마치면 도장에 나가 청소를 해주는 조건으로 무료로 합기도를 배웠다. 그리고 얼마 지나지 않아 대전시 체육대회 합기도 일반부에 출전하여 은메달을 땄다. 광수는 은메달을 목에 건 그날도 어김없이 오후에 중국집 식당으로 출근했다.

홀로서기를 결심한 진짜 이유

어느새 스물아홉 총각이 된 광수는 현재 헬스장에서 매니저로 일하고 있다. 얼마 전 분도 수사는 광수와 함께 술잔을 기울이다가 취기에 홀린 녀석의 말에 가슴이 짠해졌다.

"수사님, 제가 나눔의집에 살 때 저와 같은 아이들이 30명 넘게 있었잖아요. 그래서 사실은 신부님과 수사님의 짐을 덜어주려고 일찍 독립을 결심했던 거예요. 그게 제 자립의 진짜 이유였어요. 저도 나이를 먹어가나 봐요. 예전 일들이 추억처럼 밀려오네요. 수사님, 돈을 좀 벌면 저도 후원자가 되겠습니다."

아침부터 비가 내려 목마른 나무들이 오랜만에 목을 축이고 있다. 방울방울 빗방울이 꽃잎에 앉아 오늘은 빗방울꽃으로 피었다. 텃밭에 심은 상추와 고추도 한층 푸르게 올라왔다. 서로 도우며 살아가는 자연의 이치만 봐도 광수의 말은 천만번 맞다.

"세상은 자기만을 위해서 살 수 없잖아요. 괜찮아요. 검정고시는 나중에 또 봐도 돼요."

분도 수사는 텃밭을 돌며 혼자 고개를 끄덕인다.

• 살레시오나눔의집 www.snhome.or.kr

끊임없이 노력하는 용기를 가르치십시오.

청소년이 어려움을 극복하고 이겨낼 때마다 그의 날개는 강해집니다. 결단력 있게 행동하기로 결정할 때마다 새로운 용기로 무장됩니다. 인생을 성공으로 이끄는 비결, 돈보스코가 그의 청소년들에게 심어준 그 비결은 '끊임없이 노력하는 용기'였습니다.

교육한다는 것은 학생들이 어려움을 극복할 수 있도록 도와주는 것, 그리고 그들이 획득한 선한 것들 속에 뿌리내릴 수 있도록 가끔이 아니라 끊임없이 도와주는 것입니다. 그러기 위해 교육자는 당연히 제자들과 최대한 지속적인 접촉을 가져야 합니다.

돈보스코는 "교육자는 제자들의 행복을 위해 계속 전념하는 사람"이라고 정의합니다.

보도블록 사이에 핀 풀꽃

기쁨 외에 고통도 존재한다는 것을 아이들에게 말하십시오.

기쁨과 고통은 계절이 바뀌듯 교대로 온다는 것을 숨기지 말아야 합니다.

...

"사장님! 제 생각이 짧았습니다. 다시 기회를 주시면 열심히 근무하겠습니다."

성훈이는 사장님으로부터 흔쾌히 수락한다는 연락을 받았다. 재입사 연락을 기다리는 그 며칠은 10년 감수한 것처럼 길고 긴 고문이었다. 마음이 순수하고 성격이 온순한 성훈이는 사장님이 공장 열쇠를 맡길 정도로 신임을 얻었다. 그런데 무슨 바람이 불었는지 잘

다니던 회사를 그만두었다. 2년 정도 다른 회사로 옮겨보았으나 마음에 들지 않아 원래 회사에 재입사를 원한 것이다. 성훈이는 이번 일을 통해 쉽게 판단하여 경솔한 결정을 내리지 말아야 한다는 걸 배웠다.

현재 회사는 크게 확장하여 부산 근처에 지사를 세웠는데 성훈이는 그곳에서 현장의 모든 일을 책임지고 있다. 성훈이는 서울로 출장을 올 때면 가끔 최덕경 베드로 수사를 뵙곤 한다.

"성훈아, 월급은 어떻게 관리하니?"

"어머니가 관리하세요. 저는 용돈만 받고 있어요. 제가 결혼할 때 잘 준비해주신대요."

"여자 친구는?"

"아직 없어요."

"좋은 아가씨 만나서 행복하게 살아야지. 부모님께 효도도 하고."

"네, 물론이지요. 이번 성탄 때는 케이크를 준비해서 부모님과 작은 파티도 하고 외식도 했어요. 제가 돈 좀 썼습니다. 하하."

어엿한 이십대 후반의 청년 성훈이는 커피를 마시면서도 눈길은 연신 기계 소리가 나는 작업실을 향해 있었다. 예전처럼 지금도 십대 청소년들이 선반, 밀링, 드릴링 머신으로 금속재료를 정밀하게 가공하고 수동 공구를 이용하여 가공된 부속품을 조립하고 있었다. 성훈이네 회사에서도 또래의 아이들이 현재 기술을 배우고 있다. 성훈이는 예전 생각이 났다.

"수사님, 회사에서 조금 힘들다고 그만두는 아이들을 보면 답답해요."

"성훈아, 이제 그게 보이니? 너도 한때는 그랬어. 임마."

"네, 알아요. 지금은 절대 안 그러죠."

돈보스코와의 짧은 만남, 그리고……

10년 전 어느 날, 베드로 수사는 한 통의 전화를 받았다. 발신인은 부산에서 공부방을 운영하고 있는 데레사 수녀라고 신분을 밝혔다. 그곳은 산기슭에 무허가 집이 많은 지역이라고 했다. 무수한 사각 성냥갑 집들이 부딪치지 않을 정도의 사이를 두고 모여 있는 동네, 지붕 위에 파랑, 노랑 물탱크를 이고 힘겹게 버티는 집들이 밀집해 있는 곳. 늘 빨랫줄의 빨래가 바람에 흔들리는, 일명 부산의 달동네다.

어릴 적 성훈이는 땅보다 하늘이 가까운 동네 골목에서 친구들과 딱지놀이를 했다. 한 사람이 내려오거나 올라오면 담벼락에 몸을 붙여 길을 내주었다. 밤이면 골목 계단에 앉아 어린 성훈이는 머리에 다라이를 이고 계단을 올라오는 아줌마를 내려다보며 '저 아줌마가 우리 엄마였으면……' 했다.

도박으로 가산을 탕진하고 집을 나간 엄마는 끝내 돌아오지 않았다. 조선소에서 노동자로 일하는 아버지는 재혼을 했다. 새엄마도 재혼이었으나 자녀들은 데려오지 않았다. 부지런한 새엄마는 성훈이를 사랑으로 키우고자 했다.

그러나 아이는 자꾸 밖으로만 돌았다. 동네의 질 나쁜 형들이 성훈이의 외로운 냄새를 맡고 모여들었다. 형들은 중학생인 성훈이가 말을 잘 듣자 도둑질을 시켰다. 차도 털었다. 여러 번 파출소에 잡혀갔다. 새엄마도 그때마다 파출소를 드나들었다. 날이 갈수록 성훈이는 집에서 만나는 것보다 파출소에서 만나는 게 더 쉬웠다. 계속 말썽을 부리는 성훈이에게 정작 친아버지는 실망했으나 새엄마는 품어 안았다. 가출한 성훈이가 거지꼴로 들어오면 깨끗이 목욕시키고, 옷을 갈아입히고, 마음을 달래주었다. 그녀는 남들에게 의붓자식이니까 소홀이 한다는 소리를 듣고 싶지 않았다. 그러나 고등학교에 가서도 성훈이는 수렁에서 빠져나오지 못했다. 어느 날 주차해 있던 차를 털다가 잡혀 결국 퇴학을 당하고 소년원에 가게 됐다.

새엄마는 소년원 생활을 마친 성훈이를 데리고 데레사 수녀가 연결해준 돈보스코직업전문학교*를 찾아왔다. 짧게 깎은 스포츠형 머리에 보름달처럼 둥근 얼굴, 두 눈은 크고 맑았다. 베드로 수사가 본 성훈이의 첫인상이었다. 그는 성훈이에게 물었다.

"여기서 생활하면 답답할 거야. 그래도 참을 수 있겠니?"

"네."

새엄마는 염려스런 한마디를 덧붙였다.

"아이가 성격은 온순한데 생각이 짧아 늘 걱정이에요."

새엄마와 성훈이는 실습장, 기숙사, 운동장과 정원을 둘러보고는 얼굴이 환해졌다.

2개월이 지났다. 더디게 기술을 배우며 조금씩 적응하던 성훈이에게 갑자기 형사가 찾아왔다. 최근 길가에 주차해놓은 승용차 안에서 휴대전화와 현금이 도난을 당했는데 휴대전화의 통화 내용을 추적해보니 성훈이가 범인임이 확인되었다는 것이다. 성훈이는 긴급 체포되어 그날로 경찰서에 구속되었다. 다음 날 베드로 수사가 면회를 갔다. 성훈이는 눈물을 글썽이며 고백했다.

"죄송해요, 수사님. 자동차를 보니까 그만 유혹에 빠졌어요. 핸드폰도 쓰고 싶고 돈도……."

서울에서 또다시 체포된 아들 소식에 부산의 부모는 좌절했다. 재판 날이 다가왔으나 아들을 보지 않겠다고 했다.

"아이의 행동은 미워도 포기해서는 안 됩니다. 나중에 성훈이가 철이 들었을 때를 생각해보세요. 어머니가 오시지 않으면 저 혼자라도 가겠습니다."

재판 날 새엄마는 성훈이 이모들과 법정에 모습을 보였다. 재판장에 들어선 성훈이는 베드로 수사와 새엄마를 발견하고선 얼굴이 환해졌다. 재판 결과는 예상대로 무거운 장기 2년이었다. 수갑을 찬 성훈이는 소년원 호송차에 올랐다.

겨울을 이기고 싹을 틔우는 봄꽃처럼

봄이 찾아왔으나 그곳은 언제나 겨울이었다. 나무들도 공기도 추운 겨울에 멈추어 있었다. 아이들의 얼굴에는 차가운 서리가 앉아 있었다. 그곳은 계절뿐만 아니라 사람도 겨울에 묶어놓았다.

소년원의 면회는 개별면회와 합동면회가 있는데 베드로 수사는 주로 합동면회를 신청하여 정기적으로 성훈이를 만나러 갔다. 신분증을 보이고 안으로 들어서는데 맞은편 건물 귀퉁이에 쭈그리고 앉아 있는 중년 여인의 뒷모습이 보였다. 어깨를 들썩이며 손수건으로 연신 눈물을 닦고 있었다. 문득 성훈이 새엄마가 생각났다. 그녀는 성훈이가 아직도 현실감 없는 말만 한다며 한숨을 쉬었다.

그는 한참 동안 걸음을 멈추고 서서 오늘 성훈이를 만나면 무슨 말을 할까 고심했다. 베드로 수사의 발 밑 보도블록 사이사이에는 작은 풀꽃들이 비집고 나와 자라고 있었다. 박토에서도 꽃을 피운 생명이 참으로 경이로웠다. 그는 성훈이도 자신의 현실을 받아들여 꽃을 피우길 바랐다. 폭설의 겨울을 지나온 봄의 잎사귀가 더 푸르듯 어려움을 이기고 늦게 핀 성훈이의 꽃은 그 어떤 꽃보다 아름다울 것이다.

　창살 너머로 만나는 개별면회와 달리 합동면회는 큰 강당에서 진행됐다.

　"생활은 할 만하니?"

　"네, 잘 지내고 있어요. 여기서 미술반에 들어갔는데 앞으로 디자이너나 할까 봐요. 기타도 배우고 싶어 지난번에 엄마가 왔을 때 기타 좀 사오시라고 했어요."

　베드로 수사는 성훈이의 말을 다 듣고 나서 대답했다.

　"그래. 기타를 배우는 건 좋아. 그러나 엄마가 기타를 사줄 수는 없어. 혹시 여기서 빌릴 수 있나 교도관 선생님께 여쭤봐라. 엄마가 부산에서 여기 안산까지 널 만나러 올 때마다 얼마나 경비가 많이 드는 줄 아니?"

　이어서 베드로 수사는 성훈이가 실망하더라도 가정 형편을 전했다. 아버지는 공장 일을 하다 그만 다쳐서 오랫동안 병원 생활을 하였으며 최근 마을버스 기사로 취직은 되었으나 생활을 꾸려나가기에는 턱없이 모자란 월급이라고.

　"성훈아, 내 말 서운하게 듣지 말고 우선 여기 생활을 잘하도록 노력해라. 그리고 여기서 나오면 다시 기술을 배우겠다고 했잖아. 그때 내가 기타도 배울 수 있게 해주마. 그리고 넌 특별히 돈보스코학교에 오면 내가 무조건 합격시켜줄 테니까 걱정하지 마. 입학 전이더라도 자립관에서 지낼 수 있게 해줄 거야. 단 네가 여기서 열심히 잘해야만 해. 알았지?"

2년 동안 베드로 수사는 성훈이를 찾아가 현실을 받아들이게 하면서도 거듭 희망을 심어주었다.

때로는 삼촌처럼, 때로는 맏형처럼

소년원 생활을 무사히 마친 성훈이는 약속대로 돈보스코기술학교로 돌아왔다. 처음 몇 개월간은 무척이나 힘들어했다.

소년원이나 감별소에서 자유를 구속받고 생활하던 아이들은 사회에 나온 뒤 또 한 번 심리적으로 커다란 충격과 상처를 받는다. 갇혀 있는 동안 그들은 행동이 따르지 않는 상태에서 자신의 미래에 대해 상상의 나래를 펼친다. 날개의 폭은 무한정, 무한대다. 이루지 못할 게 없다. 자유에 대해서도, 일단 이곳만 벗어나면 마음껏 누릴 수 있을 것이고 규칙은 이곳에만 있다고 착각한다. 그래서 밖에 나와 단체생활을 할 때 규칙을 요구하면 또 다른 감옥처럼 느끼고 답답함을 호소한다. 갇힌 생활을 하면서 생긴 강박관념은 큰 트라우마가 되어 마치 사회에 나와서도 갇혀 있는 것처럼 스트레스를 받는다.

성훈이는 규율이 있고 시간표에 따르는 기숙사 생활을 잘해낼 수 있을지 점점 자신감도 식어갔다. 좋은 습관을 버리기는 쉽지만 다시 들이기는 쉽지 않다. 많은 비행청소년들이 이런 심리적 갈등과 좌절을 겪다가 또다시 수렁으로 떨어진다.

난간에 서 있던 성훈이가 한 발 뒤로 물러설 수 있었던 것은 무엇보다 주변 어른들의 꾸준한 관심 덕분이었다. 가정에서 새엄마의 지속적인 보살핌과 아들을 조금씩 받아들이는 아버지의 변화 그리고 때로는 삼촌 같고 때로는 엄한 맏형 같은 베드로 수사의 동반과 사랑이 성훈이를 다시 일어설 수 있게 만들었다.

성훈이는 기계조립기능사 2급 자격증을 취득했다. 방송통신고등학교를 졸업한 후에는 국가가 중요하게 여기는 산업 분야의 산업체 근무요원으로 병역특례도 받았다.

한때 빗나갔던 성훈이는 이제 사람들에게 사랑받고 사랑을 나누며 살고 있다.

건전한 사회인으로 거듭난 성훈이가 베드로 수사를 가장 기쁘게 한 말이 있다.

"저는 회사에서 맡은 일이 끝나면 항상 다른 사람들 일을 도와주거든요. 그래서 과장님이 저를 좋아하시고 이 일 저 일 가르쳐주세요."

• 돈보스코직업전문학교 www.donbosco.ac.kr

보도블록 사이에 핀 풀꽃

돈보스코 예방교육 영성

인생에는 얼마간의 고통이 있다는 것을 알려주십시오.

돈보스코는 아이들에게 현실을 있는 그대로 말해주라고 권합니다.

"아이들에게 사실을 있는 그대로 말해주십시오. 기쁨 외에 고통도 존재한다는 것을 말하십시오. 기쁨과 고통은 계절이 바뀌듯 교대로 온다는 것을 숨기지 말아야 합니다. 인생에는 얼마간의 고통이 있다는 것을 알려주십시오. 그러나 그것을 참고 이겨낼 수 있도록 기반을 마련해주어야 합니다. 청소년들에게 고통에 직면할 수 있는 힘과 도움을 주십시오. 청소년들이 고통스러운 상황이나 불쾌한 일을 피하도록 허락하지 말아야 합니다. 그들에게 진실을 말하십시오. 특히 말하기 힘든 진실일수록 더욱 알려야 합니다."

베드로 수사는

성훈이가 소년원을 출소하여

다시 돈보스코기술학교에 들어왔을 때

지나가는 말처럼 물었습니다.

"그때 기타 안 사준 것에 대해 어떻게 생각해?"

이 물음에 성훈이는 전혀 서운하지 않았으며

가정 형편이 어렵다는 것을

받아들였다고 말했습니다.

광주의 주먹, 반장이 되다

"수사님, 후배들 잘 부탁합니다."

선배들이 전통처럼 남긴 이 말을 녀석도 남기고 갔다.

...

광주에서 깡패로 알려진 두 녀석이 정식 절차를 밟고 살레시오고등학교*에 입학했다. 한 명은 김성식, 또 한 명은 신성호였다. 둘은 주먹으로 광주시내 중학교를 평정하고 있었다. 폭력배들은 고등학생이 된 이들을 서로 자기 파로 영입하기 위해 접촉을 서둘렀다. 가톨릭 신자인 부모들은 자식을 어떻게 해볼 도리가 없는 막다른 골목에 닿았을 때, 살레시오고등학교에 보내면 사람을 만들어준다는 입소

문을 믿고 입학을 시킨다. 이 때문에 학교는 학년 초에 성호, 성식이 같은 몇 명의 아이들로 초긴장을 한다.

강재원 사비오 수사는 자신의 모교인 이 학교에서 종교 교사 겸 생활 담당을 맡고 있었다. 그의 오랜 경험에 의하면 이런 학생들을 방치해버리면 교실 붕괴는 물론이요, 학교 전체가 쑥대밭이 되는 것은 시간문제였다. 성호, 성식이처럼 주먹이 세고 싸움을 잘하는 녀석들은 학교 내에서 우상이 되고 아이들은 금방 그들의 하수인이 되어간다. 신입생 오리엔테이션을 하고 있는데 어느새 두 주먹파는 교실 밖으로 나가 자신들의 영역을 구축하고 있었다.

고등학교 입학 전 성호와 성식이는 친구들로부터 들은 말이 있다.

"느그들, 학교 무사히 졸업하고 싶으면 강 수사를 조심해라이. 요주인물이여야."

학교에서 강 수사는 공부 대신 주먹으로 한 등급 올리고자 하는 녀석들에게 가장 재수 없는 인물이었다. 강 수사가 떴다 하면 피하는 것이 상수지 뭉쳐봐야 되는 일이 없었다.

주먹 없는 긴긴 싸움의 시작

야간 자율학습이 시작되기 전 전교생은 항상 체육관에 모여 운동을 한다. 이때 왕따, 폭력, 흡연 등의 문제가 가장 많이 생긴다. 담임은 퇴근하여 없고 한 학년에 한 명의 자율학습 담당자만 있기 때문이다. 사건은 늘 교사의 현존이 취약한 시간에 일어나기 마련이다.

새 학기 초, 어느 날 저녁이었다. 성호와 성식이는 이제 갓 입학한 1학년임에도 양 어깨를 잔뜩 귀 가까이까지 끌어 올려 먹이 포섭 직전의 독수리 날개를 하고선 고3 근처를 두리번거렸다. 자신들의 힘을 가시적으로 보여주기 위해서다.

"우리는 이런 사람이니까 앞으로 조심하셔이."

한참을 깡패 폼으로 체육관 주변을 돌더니만 둘은 농구시합 중인 대선배 3학년들 사이를 휘젓고 들어가 훼방을 놓았다. 먼저 성호가 날아온 공을 가로챘다.

"야, 받아."

"야호, 알았당게."

선배들에 대해 빈정대기까지 했다.

"고3 실력이라고 뭐 별거 아니네."

그날 밤 학교 으슥한 곳에서 흥분한 선배 대 성호, 성식의 주먹 싸움이 벌어졌다. 결과는 1학년에게 3학년이 피 터지게 맞아 쓰러진 것. 후배한테 일격 KO패를 당했다는 사실은 전체 고3들에게 삽시간에 퍼져 그들을 흥분의 도가니로 몰아넣었다. 고3들은 다음 날 아침 즉시 고1 교실로 향했다. 거대한 집단폭력이 일어나기 불과 몇 분 전

강 수사에게 제보가 들어왔다.

"수, 수사님, 큰일이⋯⋯. 후배가 선배를 때렸고 지금 막⋯⋯."

달려온 학생이 알려주기 전까지 학교 측에서는 아무도 몰랐다. 강 수사는 아이들이 모여 있는 곳으로 총알같이 달려갔다. 도착하자마자 그는 고래고래 소리를 질렀다.

"세상에 선배를 때리는 후배 놈들이 어디 있냐. 학교를 어떻게 알고 그러는 것이여? 선배들은 잘 들어라이. 이 일은 우리가 해결할 테니까 그리 알고 있어라이. 느그들이 앞에 안 나서도 된다는 말이여. 알았냐?"

일부러 고3 편을 들어주면서 그들의 치솟는 감정을 달랬다. 그날 하루 종일 강 수사는 고1과 고3 교실을 수시로 순찰하며 교사 존재의 무게로 또다시 고조될 분위기의 맥을 끊어놓았다.

성호와 성식이는 선배들이 거세게 뭉치고 있다는 냄새를 맡고선 시간을 끌지 않고 깨끗이 잘못을 인정했다. 학생 주임이 혼쭐을 냈을 때도 군말 없이 무릎을 꿇었다.

그날 이후 강 수사의 블랙리스트에는 성호와 성식이 이름이 추가되었으며, 이 두 명과 강 수사의 주먹 없는 싸움이 본격적으로 시작되었다. 강 수사는 쉬는 시간이나 점심시간, 자습시간이면 아이들 안에 있으면서 블랙리스트 명단의 학생들을 유심히 살폈다.

성호, 성식이가 자습을 하다 도서관 창문을 넘어 도망가는 찰나 강 수사의 손에 뒷덜미를 잡혔다. 점심 먹고 담배를 한 대 피우려고 해도 또 강 수사가 보였다. '아, 울고 싶다. 펀치 한 번 날려봐?' 할 때도 옆에 강 수사가 그림자처럼 서 있었다.

"저 인간은 사람 새끼도 아니다. 저 인간만 없으면 학교를 다니겠는데……."

둘은 이렇게 강 수사를 욕하며 돌아다녔다.

도저히 학교 안에서 세력을 펴지 못하게 된 성호와 성식이는 학교 밖으로 원정 폭력을 나갔다. 강 수사 때문에 그동안 사용 중지가 되었던 주먹을 다른 학교 학생들을 향해 마음껏 날렸다. 결국 이 사건으로 성식이는 서울로 전학을 가야 했으며 성호는 자신의 오른팔 격인 친구를 잃게 되었다. 실제로 성호는 왼쪽 펀치가 세고 성식이는 오른손 펀치가 셌다.

며칠 뒤 갑자기 성호 엄마가 학교로 찾아왔다. 모전자전이란 말도 있듯이 엄마도 아들 성호와 똑같이 사방팔방에 대고 강 수사를 문제 삼았다. "강 수사만 없었으면 내 아들이 이렇게 되지 않았다. 그 인간은 학생들 마음을 몰라준다. 자기 뜻대로 아이들을 다룬다"며 아들 편에 서서 꿈쩍하지 않았다.

교직 근무 15년 동안 강 수사는 학교 뒤에 있는 산책로 한 번을 맘 놓고 거닐지 못했다. 좌충우돌하는 아이들 속에 고군분투하며 육체적 현존으로 늘 있다 보니 그럴 틈이 없었다. 그가 아이들 안에 머무는 이유는 오직 학생들이 그 순간 죄를 짓지 않도록 가능한 한 미리 예방하고 보호하기 위해서였다.

성호 엄마는 강 수사와 담임 사이도 갈라놓았다. 담임마저 처음에는 엄마 쪽으로 기울었다.

자녀 말만 믿고 학부모가 교사를 힐책할 때 많은 교사들이 그 학생에 대해 교육적 간섭을 포기하고 싶은 유혹을 느낀다. 강 수사도 예외가 아니었다. 그럼에도 그는 유혹과 극심한 고립의 아픔을 끌어 안았다. 그리고 기다렸다.

엄마조차 강 수사한테는 안 된다는 것을 알아버린 성호는 두 주먹을 쥐고 양손을 바라보았다. 이제 믿을 것은 두 주먹밖에 없었다. 그런데 자기 주먹이 그렇게 초라해 보이긴 처음이었다. 성호는 잠시 자신을 돌아보았다.

'2학년 2학기가 될 때까지 난 학교에 등교하여 도대체 뭘 했는가.'

성호는 볼품없는 주먹을 스르르 내려놓았다. 그리고 서서히 주먹으로 과장한 자기를 버리고 보통 학생들 틈으로 발을 들여놓았다. 참으로 지독하고 긴 싸움이었다.

강 수사는 운동 시간이면 아이들과 축구를 한다. 남학생들은 함께 운동할 때 마음을 연다. 거기에 아이스크림 두 번만 쏘면 더 활짝 마음을 연다. 교사와 함께 운동하는 그 순간에 '선생님이 나를 사랑하고 있구나!' 진심으로 느낀다.

하루는 수업시간에 특별 이벤트로 축구시합을 했다. 조건은 전체가 참가하는 것이었다. 시합이 끝나고 그가 아이스크림을 샀다. 우연히 아이들끼리 하는 말이 강 수사의 귀에 들어왔다.

"야, 강 수사 저놈, 맨날 왔다 갔다 하면서 우릴 못살게 굴어도 저놈처럼 해준 선생이 누가 있냐?"

종교 교사인 그는 재미있게 가르치기 위해 타의 추종을 불허하도록 철저히 준비했다. 교사가 열정을 가지고 자기 과목의 일인자가 될때, 아이들은 그 교사에게 고개를 숙인다는 심리를 너무나 잘 알고 있었다.

"하여간, 강 수사 저놈은 징그럽게 재미있게 가르친당게."

이 점을 인정한 학생들은 그가 수업 중에 요구하는 "아이 콘택트-내 눈을 봐라. 싸이런스-침묵을 지켜라. 콘센트레이트-집중하라"는 약속을 지키며 순한 양이 되어 수업을 들었다. 만약 약속을 소홀히 할 때는 수업 도중에 단체 청소를 시켰다. 그것도 수업의 연장이라 강 수사는 믿었다.

또래의 힘

어느새 성호는 3학년이 되었다. 성호의 학교 성적은 중하위권에 머물러 있었다. 그런데 당시 담임이었던 한문노 교사는 성호를 학급 반장으로 임명하는 큰일을 벌였다. 중책을 맡게 하여 또래 안에서 가지고 있는 성호의 힘을 역이용할 생각이었다. 반장이란 임명장을 날벼락 맞듯 받은 성호는 '이제 나는 빼도 박도 못하는 인생. 그동안 잘못도 많이 했으니 남은 1년을 속죄하는 마음으로 살아야겠다'는 심정이었다. 반장 성호는 지금까지의 성호가 아니었다. 완전히 돌변하여 급우를 도와주고, 봉사는 물론이요 담임의 부탁은 하늘의 명령으로 받아들였다.

"성호야."

"네, 선생님!"

"고3들이 학교 안에서 담배피우고 난리다. 네가 알아서 해라이."

담임의 부탁이 떨어지면 성호는 급우들에게 달려간다.

"오늘부터 변소에서 담배피우다 걸리는 사람 있으면 알아서 해라이?"

성호의 이 한마디에 아이들은 다음 날부터 담배를 물고 교문 밖으로 나갔다.

강 수사 또한 반장인 성호의 힘을 이용했다. 또래는 같은 문화를 형성하고 있기에 언어, 대화, 이해, 받아들임이 훨씬 빠르고 쉽다.

"성호야, 2학년 동철이란 놈이 보름 동안 학교에 얼굴을 안 비친다. 네가 데리고 와라이."

"알겠습니다. 수사님, 염려 마십시오."

불우이웃돕기에 나선 살레시오남고 학생들

"너는 A 더하기 B 빼기 C(A+B-C)가 되어야 해.
무슨 뜻인지 아니?
'기쁘게+착하게-나쁜 것'이란 뜻이란다."

- 돈보스코

동철이가 없으면 복제인간이라도 만들어올 각오다. 다음 날 아침, 성호는 강 수사 앞에 동철이를 대령했다. 주위의 교사들은 성호가 어떻게 저렇게 변할 수 있을까 놀랄 뿐이었다. 이제 성호는 지역의 문제아에서 학교의 자랑으로 거듭나고 있었다.

성호는 반장의 역할과 또 과거의 폭력으로 인한 보호관찰 기간도 성실히 마쳤으며 4년제 대학교에 합격까지 했다. 개망나니 아들이 사람이 되어 가문의 영광에 가문의 자랑인 '반장' 완장을 차더니만 이번에는 대학까지 철썩 붙었다는 소식을 들은 아버지는 가만히 있을 수가 없어서 부랴부랴 낡은 트럭을 몰고 시골길을 달려 학교에 왔다. 양계장을 운영하던 성호 아버지는 학교에 대한 감사의 표시로 트럭 뒤에 가득 싣고 온 닭똥을 나무 거름으로 쓰라며 운동장에 쏟아놓았다.

대학에 입학한 후 성호는 ROTC(학군단)에 입단하여 훌륭히 군 생활까지 마쳤다. 지금 그는 자신의 고향 농촌진흥소에서 사회의 충실한 구성원으로, 그리고 어엿한 가장으로 책임과 의무를 다하고 있다.

고교 졸업식 날, 성호는 3년 동안 강적 스승이었던 강 수사의 두 손을 잡고 허리 굽혀 절을 하며 말했다.

"수사님, 후배들 잘 부탁합니다."

선배들이 전통처럼 남긴 이 말을 녀석도 남기고 갔다.

• 살레시오고등학교 www.salesio.hs.kr

돈보스코 예방교육 영성

얼마나 학생들 곁에 다가가고 있습니까?

예방교육은 교실만이 아니라 운동장, 도서관, 자습실 등 청소년이 있는 곳이면 어디든 가리지 않고 교육의 장으로 활용합니다. 쉬는 시간에 운동장이나 복도에서 사소한 교육자의 말 한마디가 학생들에게 감동을 주어 얼마나 많은 교육적 효과를 얻는지 모릅니다. 청소년이 있는 곳에 열린 마음으로 현존하는 교육자들이 있는 한 학교 교육은 죽지 않습니다.

　쉬는 시간에 몇 번이나 학생들 곁에 다가가고 있습니까?

　학생들 이름을 얼마나 불러주고 있습니까?

　학생들이 좋아하는 것을 알려고 얼마나 노력하고 있습니까?

　운동장에서 학생들과 함께 뛰노는 시간을 갖고 계십니까?

　이를 실천하는 교육자의 현존과 희생에 의해 우리가 희망하는 전인교육이 이루어질 것이며, 이런 교육자를 이 시대 청소년들은 애타게 바라고 있습니다.

강재원 수사는 졸업 30주년 기념 홈커밍데이를 맞아
모교에서 주는 '자랑스러운 살레시오고 21회 동기상'을
수상하였습니다. 강 수사는 지난날의 교직생활을
돌아볼 때 가장 후회스러운 것은
어느 순간 학생들을 체벌한 일이라고 고백했습니다.
"청소년의 마음은 감동을 줄 때 열립니다.
그러나 체벌은 어떤 이유에서든
결코 감동을 주지 못합니다.
학생을 포기하는 일이 있어도
체벌은 안 하는 게 낫습니다.
체벌은 교사마저 외롭게 만듭니다."

12

승범이의 사랑 고백

사랑하는 승범아, 잘 가라. 그리고 미안하다.

너를 더 많이 사랑해주지 못한 것…… 용서해줘.

...

밤새 가을비가 촉촉이 내렸다. 땅에는 나뭇잎들이 어제보다 많이 떨어져 있다. 벌써 시들어 말아버린 잎, 붉게 물들어 매혹적인 잎들 사이에는 미처 단풍이 들기 전 그만 가지에서 떨어진 여린 잎도 있다. 최남식 베드로 수사는 초록색이 고스란히 남아 있는 낙엽 한 장을 줍는다.

사람들은 늘 누군가를 그리워하며 살아간다. 이 땅에 그리운 사람이 살아 있는데도 그를 만나기 어려워서 보고파해야 한다. 그리운 이가 살아 있어도, 죽어 이 세상을 떠났어도 우리의 그리움과 보고픔은 끝나지 않는다. 이것이 인생이다. 최 수사는 이런 생각을 하며 초록빛 낙엽에서 눈을 떼지 못한다.

'승범아, 천국에서도 "빠라빠라빠라밤" 클랙슨 울려봐. 자주는 말고 가끔씩 말이야.'

이목구비가 수려하여 연예인이 되지 않겠느냐는 제의도 종종 받았던 승범이 녀석.

'승범아, 천국에서도 연예인 되라고 하면 거절할 거야?'

'네, 수사님.'

내심 기분 좋아하면서도 겉으론 싫다던 녀석의 목소리가 들리는 것 같다. 그는 손에 든 나뭇잎을 바라보며 씁쓸히 웃는다.

엄마에게 가자고 어리광을 부리던 소년

2008년 12월 27일. 최 수사는 승범이를 살레시오청소년센터°에서 처음 만났다. 열여섯 살 승범이는 서울가정법원에서 재판(6호처분)을 받고 왔다. 녀석은 축구를 아주 잘했다. 쉬는 시간만 되면 최 수사에게 축구를 하자고 졸랐다.

"수사님, 나가서 축구해요. 빨리요."

"그래, 알았어! 잠깐만 기다려라!"

"수사님, 빨리요! 제가 애들 모을게요."

"그래. 방송해서 알릴게!"

최 수사는 급히 마이크를 잡았다.

"사감실에서 알려드립니다. 함께 축구할 친구들은 지금 곧장 1층 현관에 모여주세요! 늦으면 참가 못합니다."

환한 미소를 띠고 달려오는 승범이와 친구들. 축구시합은 승리보다 서로 재미를 나누는 시간이었다.

"수사님. 패스요, 패스."

승범이의 오른발이 멋지게 올라가는 동시에 슛, 골이 상대팀 그물망을 흔들었다. 골을 넣고 나면 승범이는 어김없이 최 수사에게 달려와 가슴에 폴짝 안기는 세리머니를 했다.

"수사님, 보셨죠? 이 정도쯤이야."

최 수사는 가끔 아이들과 일명 '동네 한 바퀴'를 돌고 오는 외출을 했다. 자기 집 안마당처럼 거리를 활개 치며 살던 아이들이 센터에서 너무 답답해할 때, 숨통을 틀 수 있도록 말 그대로 동네 한 바퀴를 도는 것이다. 이때 아이스크림 한 개씩만 입에 물려주면 아이들은 환호성을 질렀다. 승범이는 이 외출을 너무나 좋아했다. 영등포구 센터 주변이 바로 자기 집 동네였기 때문이다.

"저쪽으로 가면 우리 집이 나오고요, 저쪽은 제가 놀던 곳이에요. 저기 24시간 PC방 보이죠? 새롬노래방도 보이죠? 거기도 제가 잘 다녔어요. 저쪽은 제 친구 집이에요."

승범이 이야기를 아이들도 흥미 있게 들었다.

"그럼 승범이는 집에 가고 싶겠네?"

"그야 그렇지만 여기 생활도 좋아요. 제가 좋아하는 운동을 매일 할 수 있으니까요."

"공부 안 해서 좋은 건 아니고?"

"그것도 그렇지만, 그냥 좋아요. 많은 분들이 잘 해주시잖아요."

"그럼 다행이네."

"제가 나가면 꼭 다시 찾아올게요."

"근데, 승범아. 다시 들어오지 말고, 꼭 놀러 와야 한다."

"히히, 알았어요. 수사님!"

승범이 할머니는 주말 면회 때마다 빠지지 않고 찾아오셨다. 엄마는 오지 않았다. 최 수사는 할머니를 통해 승범이의 가정사를 들었다. 승범이가 세상에 태어났을 때 가정은 부유했다. 아버지는 외아들로 젊어서 열심히 일한 결과 자수성가해 작은 공장을 운영하고 있었다. 그런데 승범이가 첫돌이 지나기 전, 아버지는 공장 사람들과 여름 물놀이를 갔다가 그만 사고로 세상을 떠났다. 그 후 엄마는 재

가하였고 승범이는 누나와 함께 조부모 손에 맡겨졌다. 할머니와 할
아버지는 승범이를 정성을 다해서 키웠다. 그러나 사춘기가 된 승범
이는 학업을 중단하고 또래들과 오토바이를 타고 거리를 누비며 살
았다.

승범이는 엄마와 살고 싶다는 말을 참 많이 했다.

"우리 엄마는 안양에 있는 숯불갈비집에서 일하세요. 주말에도 일
하시기 때문에 면회 올 수가 없대요. 수사님, 우리 엄마 보러 안양 가
요. 제가 숯불갈비 사드릴게요."

"그래. 언제 한번 같이 가자."

어느 날 승범이 할머니께서 옷을 한 벌 가지고 오셨다. 노란색
후드 티였다. 승범이는 성당에 갈 때나 중요한 날이면 꼭 그 옷을 입
었다.

"승범아! 그 옷 멋있다. 할머니가 사주셨구나!"

"아니요. 엄마가 사줬어요."

"그래? 그 옷이 그렇게 좋아?"

"네! 엄마가 사줬잖아요."

활발한 성격을 가졌으나 엄마에 대한 그리움 때문일까, 승범이 얼
굴에는 사람의 마음을 끄는 우수랄까 그늘 같은 게 서려 있었다. 엄
마에게 가자고 어리광을 부리던 승범이. 왜 그때 시간을 내서 같이
가지 못했을까. 그것이 가장 후회스런 일이 될 줄이야.

'보스코 승범'으로 다시 태어나다

센터에 살면서 돈보스코 성인을 좋아한 승범이는 '보스코' 세례명으로 세례받길 원했다. 그러나 퇴소 날짜가 세례식보다 먼저 다가왔다.

"승범아, 내일이면 여길 떠나는데 세례는 어떻게 할래?"

"약속했잖아요. 꼭 올게요!"

그동안 많은 친구들이 온다고 약속하고선 오지 않은 경우가 대부분이었다. 승범이의 말도 믿을 수 없었지만 또 한 번 속아보기로 했다. 세례식을 앞두고 세례자들의 1박 2일 마음준비 모임이 있었다. 최 수사는 승범이에게 전화를 했다.

"승범아, 내일 모임에 올 거지?"

"네! 몇 시까지 가면 돼요?"

"오전 10시 출발이야!"

"네! 수사님, 내일 봬요!"

다음 날, 시계 바늘이 10시를 가리키는데 승범이는 오지 않았다.

'그럼 그렇지. 역시 오지 않는 게 정상인 거야.'

그때 어떤 녀석이 숨이 넘어갈 것처럼 뛰어왔다.

"수사님, 수사님, 저 왔어요."

정말로 승범이가 온 것이다.

세례를 받은 승범이는 그 후에도 자주 센터를 찾아왔다. 다시 입소하여 공부하고 싶지만 조금 더 놀다 들어오겠다며 오토바이를 타고 날 듯이 달려가곤 했다. 그날도 승범이는 오토바이를 타고 왔다.

"승범이 왔냐? 어떻게 지내냐?"

"잘 지내요!"

"그래도 오토바이는 조심해야지!"

"염려 마세요. 저 오토바이 잘 타요."

"그래도 조심해라!"

"수사님! 어젯밤에 제 목소리 들으셨어요?"

"무슨 소리?"

"어제 11시쯤 제가 이 앞을 지나면서 클랙슨을 '빠라빠라빠라밤' 울렸잖아요?"

"그래? 그 소리가 너였어?"

"네, 제가 이 앞을 지나갈 때마다 클랙슨 울릴게요. 그럼 그게 저인지 아세요."

그 후 승범이는 센터 근처를 지나갈 때면 항상 오토바이 경적을 울렸다. 그때마다 최 수사는 '우리 승범이가 앞에 왔구나' 생각했다. '빠라빠라빠라밤'은 최 수사를 향한 승범이의 사랑 고백이었다.

"겸손하고
사랑스러운 자는
사람에게서나
하느님에게서나
모두에게서 항상
사랑을 받습니다."
- 돈보스코

승범이의 장례 미사

천국에서도 '빠라빠라빠라밤' 울려줘

그리고 1년이 지났다. 최 수사가 다른 곳으로 갔다가 다시 센터로 돌아온 그해 8월 31일 저녁, 승범이 할머니로부터 한 통의 전화가 걸려왔다. 최 수사는 전화를 받은 관장 수사님을 통해 승범이의 소식을 들었다.

"최 수사, 승범이 학생 기억나나? 성격 좋고 잘생긴 녀석 말이야."

누구보다 잘 기억하고 있는 승범이다.

"그 친구가 지금 병원에 있는데……."

오토바이 사고로 인한 뇌수막염이었다. 할머니는 중환자실에 의식 없이 누워 있던 승범이가 마지막 의식이 있을 때 "할머니, 내가 살레시오에서 살 때 세례를 받았어요. 그러니까 내가 혹시 죽게 된다면 거기서 장례식을 하게 해주세요"라고 했다는 손자의 말을 전했다. 그것이 승범이의 유언이 되었다.

며칠을 못 넘길 것 같다는 병원 측 예상보다 더 일찍, 하루를 채 못 넘기고 승범이는 세상을 떠났다. 센터 아이들은 친구의 죽음을 슬퍼하며 조문을 다녀왔다.

승범이의 바람대로 장례식은 대림동 살레시오수도원에서 봉헌되었다. 승범이가 누워 있는 관이 흰 커버에 덮여 성당 안으로 들어올 때 최 수사의 두 눈에 왈칵 눈물이 고였다. 검은 띠를 두른 사진 속의 승

기도하는 아이들

"관계가 빠진 교육은

모래 위에 지은 집과 같습니다."

– 돈보스코

범이는 평온하게 미소 짓고 있었다. 마치 이 세상에서의 외로움, 보고 싶어도 만나지 못했던 그리움과 아픔이 이제 다 끝났다는 듯이…….

장례미사 때 최수사는 승범이에게 주려고 썼던 편지를 마지막 고별사로 읽어야 했다.

사랑하는 승범아, 잘 가라. 그리고 미안하다. 너를 더 많이 사랑해주지 못한 것…… 용서해줘. 승범아, 너에게 굳게 약속하마. 너에게 못다한 사랑, 이 목숨 다할 때까지 너와 같은 아이들에게 몽땅 바칠게. 천국에서 날 지켜봐줘. 응? 승범아, 널 절대 잊지 않으마. 우리 다시 만날 때까지 내 가슴속에 영원히 살아 있을 승범아, 잘 가라.

불과 1년이라는 짧은 만남이었다. 그러나 최 수사에겐 10년, 20년, 아니 평생을 이어가는 사랑의 시간으로 남아 있다.

최 수사는 손에 든 낙엽 한 장에 입을 맞춘다. 그리고 초록색이 너무도 선명한 나뭇잎을 가볍게 하늘 가까이로 날려 보낸다. 어디선가 승범이의 목소리가 들리는 듯하다.

"수사님, 울지 마시고 오늘 밤 기대하세요. 아시죠? 빠라빠라빠라밤."

• 살레시오청소년센터 www.isalesio.net

사랑받는 길은 단 한 가지, 먼저 사랑하는 것뿐입니다.

예방교육은 '사랑의 교육학'입니다.

돈보스코는 말합니다.

"교육자가 청소년을 사랑하는 것도 중요하지만 청소년들로부터 사랑받는 교육자가 되는 것은 더욱 중요합니다. 청소년들로부터 사랑받는 사람은 그들로부터 모든 것을 얻어냅니다."

젊은이들의 마음에 영향을 주고 싶은 사람은 먼저 사랑받는 일부터 시작해야 합니다. 사랑받는 길은 단 한 가지, 먼저 사랑하는 것뿐입니다. 사랑하는 사람에게는 늘 순명하고 귀를 기울이는 법입니다. 교육자가 청소년들에게 먼저 다가가 자상한 아버지처럼, 절친한 친구처럼 사랑한다면 그는 청소년들을 책임감 있는 사회인으로, 선량한 그리스도인으로 성장시키는 예방교육의 목표를 달성할 것입니다.

2부

인생의 그림자

"'위대한 규칙'이 있습니다.
만일 교육자가 솔선수범하여
자기 학생을 '이웃'으로 삼을 수 있다면
학생들은 또래의 이웃,
타인의 이웃이 되는 법을 배울 것입니다."

- 돈보스코

나에게 달려오신 거예요

그 즉시 우산을 들고 뛰어오신 거예요. 나를 위해서요.

전혀 모르는 나를 마중 나오신 거였어요.

...

중학생 해동이는 형을 만나러 왔다가 수도원 정문 앞에 꼼짝 못하고 서 있었다. 형이 있는 고등학교 기숙사까지 가려면 수도원을 지나 100미터쯤 걸어야 하는데 갑자기 비가 쏟아진 것이다. 그냥 비 사이를 뚫고 달려갈까 했으나 엄두가 나지 않았다. 조금만 가도 옷이 몽땅 젖을 것 같았다.

안절부절못하고 서 있는 그때, 수도원 건물 쪽에서 어떤 분이 우산을 들고 뛰어왔다. 그분은 점점 정문 쪽으로 다가와 해동이 앞에 멈춰 섰다. 그리고 손에 든 우산을 해동이 머리 위에 씌워주었다. 해동이가 고개를 들고 올려다본 그분은 생전 처음 보는 낯선 얼굴인데다 한국인도 아닌 외국인이었다. 그분은 꼬마 해동이에게 다정히 말을 걸었다.

"옷이 젖었구나. 이리 가까이 오렴. 누굴 기다리고 있었니?"

해동이는 왠지 부끄럽고 어리둥절하여 얼떨결에 손가락으로 기숙사를 가리키며 대답했다.

"저~기, 저~기에 우리 형아가 있어서……."

그분은 해동이의 이런 기분을 아는지 잠깐 어깨를 꼭 감싸주었다. 잠시 후 우산 속 두 사람은 곧장 기숙사를 향하여 걸었다. 천천히 해동이의 발걸음에 맞추면서…….

이해동 라파엘 신부는 마치 어제 일처럼 그때의 추억을 떠올리며 흥분한다.

"그분이 바로 원선오 신부님이셨어요. 아, 그때 얼마나 친절하시던지. 신부님은 그날 당신 방에서 우연히 창문을 열었는데 정문 앞에 비를 맞고 서 있는 나를 보신 거예요. 그 즉시 우산을 들고 뛰어오신 거예요. 나를 위해서요. 전혀 모르는 나를 마중 나오신 거였어요."

그 친절한 신부에게 푹 빠진 해동이는 성당을 다니기 시작했다. 그

리고 그 신부님이 좋아서 살레시오고등학교˙에 입학했고 졸업 후 살
레시오 신부가 되었다.

결코 사소하지 않은 '교문 앞 사랑'

몇 년 전 내가 전남 광주에서 일할 때였다. 어느 날 양동시장에서
장을 보고 택시를 탔다. 오십이 훨씬 넘어 보이는 기사님은 자신이
살레시오고등학교 출신임을 밝히면서 학창시절 원선오 신부님과의
추억을 들려주셨다.

"거짓말 보태지 않고 그분은 하루도 빠지지 않고 아침마다 교문에
서서 학생들을 맞이했어요. 지나고 나니 참 대단하신 분인 것 같아
요. 지금도 학교 하면, 제일 먼저 그 신부님이 떠오른다니까요."

눈가에 잔주름이 가득한 기사님은 추억이 어린 학교 얘기에 들떠
있었다. 어느새 내릴 때가 되어 요금을 지불했더니 "수녀님, 오늘은
기분이 좋아서 그렇습니다"라며 사양했다.

이탈리아 출신의 원선오 신부는 광주의 중·고등학교에서 19년 동
안 교사로서 학생들을 가르쳤다. 그러나 내가 만난 택시 기사님을 포
함하여 많은 졸업생들이 기억하는 원 신부는 오직 비가 오나 눈이 오
나 바람이 부나 교문 앞에서 등교하는 학생들을 기다리며 서 있는 인

중년으로 변한 제자들과 원선오 신부의 해후

"우정에 대해서는 감정이 아니라

경험으로 가르쳐야 합니다."

- 돈보스코

자한 모습이었다.

원선오 신부는 재학생 1800명의 이름을 모두 외웠다. 그리고 아침마다 일일이 이름을 부르며 악수를 하고 인사를 나누며 맞이했다. 동문들은 예전엔 미처 몰랐던 원선오 신부의 인자한 눈인사와 악수, 이름을 부르던 따뜻한 목소리의 '교문 앞 사랑'을 결코 잊지 못한다.

백발 스승의 눈동자에 새겨진 두 글자

2012년 5월. 아프리카 수단에서 선교사로 일하던 원선오 신부는 여러 차례에 걸친 제자들의 방문 애원에 한국을 찾았다. 스승의 귀국 소식을 접한 제자들의 발걸음은 아침부터 늦은 밤까지 줄을 이었고 그가 떠나는 날까지 계속되었다. 십대 청소년에서 중년의 신사로 변한 제자들은 백발의 84세 스승을 보자마자 덥석 무릎을 꿇고 큰절을 올렸다. 자기 이름을 불러주고, 손을 잡아주고, 인사를 해주던 옛 스승의 모습에 목이 메어 어린애처럼 눈물을 닦았다. 제자들은 스승의 눈빛 속에서 여전히 빛나고 있는 글자를 읽었다. 짓무른 두 눈동자에 새겨진 '사랑'이란 두 글자를.

10만 여 명의 제자들은 아프리카 수단에 학교 100개를 짓겠다는 스승의 소망을 이루기 위해 발 벗고 나섰다.

원선오 신부의 '교문 앞 사랑'은 지금도 전교생이 모이는 2월 졸업식과 3월 입학식 날 선생님과 학생들이 악수를 하는 전통으로 이어지고 있다. 또한 전국 남녀 살레시오수도회의 유치원과 초·중·고등학교에서는 아침마다 신부와 수녀들이 미리 교문에 나와 학생과 유아들을 기다렸다 맞이한다. 인사를 받는 학생들의 반응은 예전에 교문에 서 있던 원선오 신부에게 보였던 것처럼 각양각색이다. 기쁘게 인사를 하는 아이도 있고, 무심한 얼굴로 쓰윽 지나가는 학생도 있으며, 어떤 학생은 쑥스러워 얼른 달려가기도 한다.

• 살레시오고등학교 www.salesio.hs.kr

돈보스코 예방교육 영성

청소년들은 이름을 불러주면 행복해합니다.

돈보스코는 청소년을 만날 때 이름을 부르며 인사를 했습니다. 어릴 적 돈보스코와 살았던 한 살레시오 회원은 이렇게 고백합니다.

"5월 어느 날 아침, 나는 2층으로 올라가다가 돈보스코를 처음 만났어요. 그는 내 눈을 한참 들여다보더니 이름을 묻고 나서 다정하게 인사하셨어요. 정말 근사했어요."

인사는 섬세한 사랑의 표현입니다. 사람과 그의 이름 사이에는 신비스러운 일치성이 존재합니다. 이름은 그 사람을 상기시켜주고 '나'라는 그 사람의 인격을 드러내줍니다. 그래서 누군가의 이름에 대해서는 그 사람 자체에 대한 존경심과 똑같은 존경을 보여야 합니다.

청소년들은 이름을 불러주면 행복해합니다. 반면에 교육자가 자기 이름을 모른다는 걸 알면 자기가 잊힌 존재라는 인상을 받게 됩니다. 만일 이름을 잘못 부르거나, 특히 계속 틀리게 부르면 속에서 화가 치밀어 오름을 느낍니다.

청소년의 마음을 얻고 싶습니까? 그렇다면 돈보스코처럼 다정히 이름을 부르며 인사합시다.

안대 소년

이제 저는 안대를 하지 않을 거예요.

이제는 내가 먼저 사람들에게 다가가 관심을 줄 거예요.

…

정재준 요한 신부는 창문 앞에 서 있다. 얼마 만인가. 이렇게 해질 무렵 하늘을 바라보는 여유가……. 하루 종일 비가 올 것 같은 날씨가 계속되었으나 비는 내리지 않고 저녁 하늘은 지금 희뿌연 안개에 덮여 있다. 여러 크고 작은 봉우리 모양의 검은 구름이 산세를 이루고 있다. 구름 낀 산 밑의 하늘은 안개 낀 바다, 어둠에 잠긴 고요한 하늘 바다다. 그 밑에서 고기떼들이 노닐다 톡톡 튀어오를 것 같다. 문득 예전에 수련원에서 만났던 아이들이 생각난다. 물고기처럼 싱싱한 아이들이 펄쩍 튀어오른다. 왼쪽 눈에 하얀 안대를 한 소년도 있다. 정 신부는 유독 그 소년에게 인사를 한다.

"안녕? 잘 있니?"

대전청소년수련원*은 수많은 청소년들이 찾아오는 인성교육의 장이다. 1박 2일 아니면 2박 3일의 짧은 기간이지만 학교를 벗어난 아이들은 해방감을 맛보며 그동안 누리지 못한 놀이를 즐긴다. 수련원에 근무하는 살레시오 신부, 수사, 수녀들이 여기저기서 아이들과 어울리는 광경이 쉽게 눈에 들어온다. 아이들과 놀고, 수다를 떨고, 함께 운동을 하며 승부에 열을 올린다. 아이들이 있는 곳이면 먼저 다가가 함께하는 것, 이것이 그들의 삶이다. 그러나 쉽지 않은 일이다. 하던 일을 멈춰야 하고, 급한 일이 있더라도 아이들 소리가 나는 쪽을 우선순위로 택해야 한다.

안대 소년과의 첫 인사

인성수련 첫날이었다. 저녁 프로그램은 한창 무르익어가는데 사무실에서 일을 하는 정 신부의 마음이 편치 않다. 원래 지금 시간에는 아이들 곁에 있어야 하기 때문이다. 빨리 가야 하는데, 가야 하는

데…… 하면서 조급하게 일을 처리하고 있었다. 그때 한 아이가 사무실 앞을 스치며 지나갔다. 사무실 문이 열려 있었기에 아이가 지나가는 것을 볼 수 있었다. 정 신부는 아이를 향하여 "안녕" 하고 인사를 건넸다. '지금 프로그램에 참여할 시간인데 저 아이는 왜 나왔을까' 생각하며 하던 일을 계속했다. 그런데 뜻밖에 그 아이가 다시 나타났다.

가던 길을 돌아온 아이는 정 신부 사무실 안을 들여다보면서 "아까 저에게 인사하신 거예요?"라고 물었다. 정 신부는 "그럼 너지, 너 말고 지금 누가 있니?"라고 대답해주었다. 아이는 "아, 예……" 하면서 다시 사라졌다. 아이는 왼쪽 눈에 안대를 하고 있었다.

그날 밤 정 신부는 그 아이를 또 만났다. 마지막 프로그램을 마치고 아이들은 간식을 먹고 있었다. 운동장에서나 프로그램 진행 중에 그룹에 끼지 못하는 아이가 있는지 주위 깊게 보아야 하듯, 이 시간에도 혼자 외톨이로 있는 아이가 없는지 살펴야 한다. 아이들을 쓱 둘러보던 정 신부의 눈에 저녁 무렵 만났던 안대 소년이 잡혔다. 소년은 강당 벽에 기대어 간식으로 나온 빵과 우유를 먹고 있었다. 그는 아이에게 다가갔다. 이번에는 이름도 물었다.

"우리 아까 만났으니 구면이네? 눈이 많이 아프니? 불편하지 않아?"

안대 소년은 머리를 긁적이며 대답했다.

"그리…… 심하진 않아요."

"그래, 만나서 반갑다."

아이는 더 이상 말이 없었다.

다음 날 오후, 수련을 마치고 떠나는 시간이었다. 짧은 1박 2일 동안 아이들은 무슨 정이 그리 들었는지 섭섭해서 야단이다. 정 신부는 버스에 오르는 아이들과 일일이 악수를 나누다 안대 소년과 또다시 마주쳤다. 이번에는 안대를 푼 상태였다. 정 신부는 더욱 반가운 마음에 인사를 건넸다.

"어, 이제 다 나았니? 잘 가라. 안녕."

아이는 대답 대신 쭈뼛쭈뼛 종이와 볼펜을 내밀며 수련원 주소 좀 써달라고 했다.

눈이 아니라, 마음이 아팠던 아이

수련원에는 또 다른 아이들이 몰려왔다 떠나갔다. 그러던 어느 날 정 신부는 안대 소년이 보낸 편지 한 통을 받았다. 그는 무척 반가운 마음으로 봉투를 열고 편지를 꺼냈다.

신부님, 저 기억하시나요? 왼쪽 눈에 안대를 했었잖아요. 그러니까 기억하시리라 믿어요. 신부님! 이제 고백할게요. 사실 제가 안대를 한 이유는 눈이 아파서 한 게 아니었어요. 저는 낯선 곳에 가면 언제나 안대를 했어요. 누군가에게 관심을 끌려고요. 그러나 아무도 관심을 가져주지 않았어요.

학교에서 수련 활동으로 신부님이 계신 수련원에 간 날, 프로그램 중간에 저는 강당을 빠져 나와 긴 복도를 지나 사무실 앞을 지나갔어요. 그런데 사무실 문이 열려 있었어요. 저는 신부님인 줄도 모르고 그냥 기대감을 가지고 지나갔어요. 곁눈질을 하면서요. 그런데 누가 "안녕" 하고 말을 거는 거예요. 틀림없이 저에게 한 말인 줄 알았지만 저는 다시 확인하려고 열린 사무실 쪽으로 가서 "저요?" 하고 확인했던 거예요. 그때 신부님은 "그럼 너밖에 더 있어?" 하셨잖아요? 저는 그 기분으로 오후가 행복했답니다. 그런데 밤에 신부님이 또 저에게 오셨어요. 그리고 눈이 아프냐고 물었어요. 신부님의 말씀은 누구에게나 하는 겉치레가 아니었어요. 저는 그날 밤 편안하게 잠이 들었어요.

그리고 떠나는 날이 되었어요. 버스에 오르는 아이들에게 악수를 하고 있는 신부님께 가까이 가기 전, 저는 안대를 풀었어요. 그래서 틀림없이 신부님이 저를 몰라볼 거라 생각했어요. 그런데 신부님은 저를 알아보셨잖아요? 저는 너무너무 행복했어요. 신부님, 이제 저는 안대를 하지 않을 거예요. 이제는 관심을 받기보다 내가 먼저 다가가서 그 사람에게 관심을 가져줄 거예요……

안대 소년

'아, 그랬었구나.'

편지를 읽고 난 정 신부는 잠시 멍해졌다. 그리고 안대 소년과 나누었던 몇 마디 대화를 더듬어보았다.

"안녕?"

"아까, 저에게 하신 거예요?"

"그럼 너지, 너 말고 지금 누가 있니?"

"아, 예."

"이름이 뭐지? 우리 아까 만났으니 이제 구면이네? 눈이 심하게 아프니? 불편하지 않아?"

"그리…… 심하진 않아요."

"그래, 만나서 반갑다."

"어, 이제 다 나았니? 잘 가라. 안녕."

관심이라는 놀라운 기적을 활용하십시오.

어른이나 아이나 다른 이의 관심을 받고 싶은 간절한 마음은 똑같습니다. 타인의 관심을 받지 못하면 많은 사람들은 참을 수 없는 심적 고통을 느낍니다. 그래서 자기 나름대로 감각적인 경보 신호를 던집니다. 그것은 "나는 여러분의 관심이 필요합니다"라는 거의 실망에 찬 외침입니다.

돈보스코는 말합니다.

"청소년의 존재를 절대로 모른 체해서는 안 됩니다. 청소년은 자신에 대한 아주 작은 관심의 표현에도 정말 민감합니다."

우리 주변에는 관심 받기 위해 또 다른 모습의 안대를 낀 아이들이 많습니다.

지혜는 옷핀으로 손목을 콕콕 찔러 피가 나게 합니다.

성미는 목덜미를 꼬집어 벌겋게 되었습니다.

윤상이는 배가 아프다며 숨이 넘어갑니다.

아이들은 관심 받고 싶은 마음을 자기 방식대로 표현합니다. 그러다가 누군가로부터 그 표현 방식을 터치받았을 때는 마치 꽃봉오리를 터뜨리는 것처럼, 새로운 세상을 향해 알에서 깨어나는 일이 시작됩니다. 무엇보다 놀라운 점은 불행이나 어려움에 처했을 때 누군가가 자기에게 관심을 가져준다고 느끼게 되면 그 즉시 다른 이에게 관심을 가지기 시작한다는 사실입니다. 마치 고리와도 같은 연결 반응입니다. 이것이 바로 관심이라는 놀라운 기적입니다.

시 암송은 21세기 인성교육

나의 내면 곳곳에 시가 깃들어 있고,

살아오면서 최악의 순간에도 시의 도움을 받았습니다.

...

"야아~ 씨팔, 내가 오늘 학교에서 수환이랑 존나 문자를 하고 있는데 담임한테 딱 걸린 거야. 아 씨팔, 핸드폰 뺐겼다. 존나."

경수가 교실에 들어오자마자 민철이에게 던지는 말이다. 조용히 책을 읽던 기태가 "아, 짱나" 하며 획 돌아앉는다.

"헐, 네가 뭔데 지랄이냐."

임은미 데레사 수녀는 방과후 아카데미교실*로 향하던 발걸음을 그만 멈추었다. 교실 밖에 서서 학교 수업을 마치고 미리 도착한 아이들의 대화를 유심히 들어보았다. 특별히 화가 난 것도, 누구를 향해 욕을 하는 것도 아닌데 아이들 대화에 계속 욕이 추임새처럼 들어갔다. 아이들은 이 지역 경상도 사투리도 은어도 아닌, 뜻은 알겠으나 곱지 않는 단어들을 섞어 사용하고 있었다.

그때부터 은미 수녀는 아이들이 사용하는 말과 표현에 대해 좀 더 주의를 기울여 들어보았다.

방가-반가워 / 안냐세요-안녕하세요 / 겜-게임 / 짱나-짜증 난다 / 지대-무척, 매우 / 친친-친한 친구 / 베프-베스트 프렌드 / 글고-그리고 / 초딩-초등학생 / 글쿤요-그렇군요 / 추카-축하 / 띤구-친구 / 뽀대난다-멋있다 / 잠수-가만히 보고 있다 / 구라-거짓말 / 당근-당연하다 / 담탱이-담임선생님 / 음냐-지루하다, 졸립다 / 허걱-놀랍다 / 헐-황당하다……

욕이 난무하는 아이들 입에 시를 물리다

아이들의 순수한 동심과는 동떨어진 무분별하고 애매모호한 신조어들. 이런 언어를 쓰는 아이들의 입은 쌈닭처럼 거칠었다. 친구와 관계를 맺는 데에도 나쁜 영향을 끼쳤다. 어른의 경우도 그렇지만, 아이들 사이의 갈등이나 다툼도 사소한 말 한마디에서 시작될 때가 많다. 그렇다고 아이들에게 무작정 고운 말을 쓰라는 훈계는 한 며칠 효과는 볼 수 있으나 계속하면 잔소리요, 장기적인 효과는 더더욱 희박하다.

'아이들 내면에 있는 때 묻지 않은 동심의 세계를 어떻게 이끌어낼 수 있을까?'

은미 수녀는 고심했다. 아니, 무엇보다 매일 사용하는 일상의 말들이 아이들다우면 참 좋겠다는 게 그녀의 바람이었다. 그래서 생각해 낸 것이 바로 시 암송. 그녀는 시 암송의 효과를 미리 예상해보았다.

우선 어릴 적 암송한 시는 아무리 나이가 들어도 기억 속에 생생하게 남아 있다. 그래서 자신만의 특별한 지적 재산으로 간직될 것이다. 세계적인 사회운동가인 독일의 스테판 에셀은 시 암송에 대해 이렇게 고백했다.

"마음과 정신 양쪽을 개발하려면 평소에 시를 암송하는 연습을 할 필요가 있습니다. 나는 시간을 꽤 많이 들여 시를 읽고 또 암송합니다. 암송하여 기억 속에 차곡차곡 쌓인 시 구절들의 아름다움. 이것도 나의 행복에 큰 도움이 됩니다."

시는 기쁨, 슬픔, 애틋함 등의 감정을 자기만의 언어로 짧게 표현한 아름다운 마음이다. 아이들이 한 편의 시를 암송하기 위해서는 반복의 과정을 거치게 된다. 외우기 위해 몇 번씩 읽다 보면 시의 내용이 상상이 되고, 그러다 보면 정서적으로 윤택해지고, 언어 표현 또한 지금보다 분명 순화될 것이다. 또 시의 언어를 반복해서 접하다 보면 그 시의 뜻을 자연스럽게 스스로 이해하고 자신도 필요한 경우그 말을 사용하게 될 것이다.

바이러스처럼 전염된 시 암송

그녀는 계획의 첫 단계를 시작했다. 먼저 아이들이 방과후 아카데미에 도착하면 첫 눈길을 주는 곳에 자그마한 게시판을 마련하고 거기에 한 편의 시를 붙여놓았다. 시의 내용과 어울리는 그림도 곁들였다. 시의 종류는 또래 아이들이 쓴 시, 아카데미 아이들이 쓴 시 그리고 어른들이 쓴 시 중에서 골고루 선택했다. 계절의 흐름에 따라 아이들이 공감하기 쉬운 시도 골랐다. 그리고 무엇보다 아이들의 생활 리듬을 고려해 암송할 시의 길이와 운율까지 안배했다. 월요일에는 가장 단순하고 짧은 시, 학교 수업이 빡빡한 요일에는 밝고 리듬감 있는 시, 학교 수업과 방과후 프로그램이 느슨한 날에는 긴 시를 골랐다.

운율이 있는 시를 붙여놓으면, 흥이 많은 현철이는 박수를 치며 박자를 맞추거나 몸을 흔들며 노래하듯 시를 외웠다. 그러면 바이러스처럼 모여든 아이들에게 전염되어 게시판 앞은 작은 음악실로 변했다.

시를 암송하는 아이들의 노력 자체에 대한 한결같은 격려와 칭찬, 때로는 선물 공세도 아낌없이 베풀었다. 계획적이고 의도적인 지도도 필요했다. 암송이 안 될 경우, 집에 갈 때 차를 타고 가는 혜택을 주지 않았다. 그러니까 시를 외울 때까지 수업이 연장되는 것이다. 그래서 아이들은 방과후 아카데미에 도착하자마자 게시판의 시를 확인하고 시부터 외웠다. 성질 급한 하나는 오는 도중 수녀님께 전화를 한다.

"수녀님, 오늘 외울 시가 뭐예요? 문자로 좀 알려주시면……."

시 암송을 시작하고 한 달 정도는 힘들어했으나 아이들은 서서히 동화되어갔고 어느새 자연스런 습관으로 자리 잡았다. 중간에 새로 들어온 아이들도 기존 아이들을 따라 시를 외우는 분위기였다. 아이들은 적어도 일주일에 평균 한 편 이상의 시를 완벽하게 외웠다. 아무도 빼앗을 수 없는 자신만의 지적 곳간에 차곡차곡 문학의 꽃인 시들이 쌓여갔다. 꾸준히 시와 함께 놀기를 1년쯤 하고 나니 어느 순간 아이들의 모습에서 다른 분위기가 느껴졌다. 매일 만나는 사람들 그리고 사물들을 좀 더 깊은 관심을 갖고 바라보았다.

"여기 고마니 풀꽃이 있어요!"

가을 햇빛에 반짝이는 억새를 보기 위해 아이들과 화왕산을 오르는 길이었다.

"수녀님, 여기 보세요. 여기 고마니 풀꽃이 있어요!"

정희의 외침에 아이들이 등산로 옆 개울가로 우르르 몰려갔다 정말 별사탕 같은 연분홍 꽃들이 무더기로 피어 개울을 덮고 있었다. 시 암송에서 만난 '고마니 풀'을 그날 아이들은 직접 눈으로 보게 된 것이다.

"여기도 있어요."

"저기도 많이 피었어요."

반가운 탄성과 외침에 이어 아이들은 누가 먼저랄 것도 없이 큰 소리로 〈고마니 풀〉을 합창했다.

고마니 풀

임길택

도랑가 아무 데나 수북이 자라

시시한 풀이라 여겼는데

가을 어느 날부터
꽃을 피워 올렸습니다.

가느다란 꽃대 위에
하얗고 빨간 별사탕 같은 꽃들

도랑가 아무 데서나
수북수북 피워 올렸습니다.

지나가던 등산객들도 아이들과 고마니 풀을 번갈아 보며 환하게
웃었다. 은미 수녀는 생각했다. 시를 통해 이미 고마니 풀과 관계를
맺은 아이들이 고마니 풀을 함부로 할 수 있을까? 하늘, 땅, 바람, 비,
꽃, 구름, 나비, 이슬에 대한 시를 외우는 아이들이 아무 생각 없이 자
연을 함부로 파헤칠 수 있을까? 우정의 시를 암송하면서 친구의 소
중함을 깨달은 아이들이 자기 친구를 일부러 괴롭힐 수 있을까?
　시 암송은 자신의 감성을 이끌어내는 방법이기도 했다. 어느 날
초등학생 정우는 자기 또래가 쓴 〈안 아프다〉라는 시를 소리 내어 외
웠다.

안 아프다

홍승기

나는 그 애만 보면
무조건 놀린다.
아니면
무조건 때린다.
그러면 그 애도 나를 때린다.
그런데
안 아프다.

　시를 외우는 정우 얼굴에 자꾸 웃음이 피식피식 피어났다. 정우는
수진이란 여자 친구를 무척 좋아한다. 장난기가 발동한 은미 수녀가
정우에게 물었다.
　"정우야, 너도 수진이가 때리면 안 아프지?"
　"예. 하나도 안 아파요."
　"왜 안 아플까?"
　"몰라요. 아무리 세게 때려도 하나도 안 아파요."
　정우는 더 이상 대답하기 곤란한 듯 얼른 자기 자리로 달려갔다.

아이들은 책상을 치며 합창을 했다.

"정우가 수진이를 사랑한대요."

"좋아한대요."

"와~~~~."

정우처럼 사춘기에 접어든 아이들에겐 공감 백 퍼센트의 시였다.

견학을 다녀와 소감문을 쓸 때도 아이들의 변화된 모습을 볼 수 있었다. 예전에는 거기에 무엇이 있었고 무엇을 보았다는 형상만 줄줄이 나열한 글이 많았는데 점점 아이들의 글 안에 자기 생각과 감성이 깃들기 시작했다.

"어머, 어떻게 이런 생각을 했지?"

"그냥, 그런 생각이 들었어요."

소감문을 시로 표현해도 괜찮다고 하면 아이들은 어려워하지 않고 자작시를 썼다.

오늘도 은미 수녀는 게시판에 새로 부착할 시를 고른다. 시를 암송하는 좋은 습관이 아이들 인생에 어떤 수를 놓을까? 그녀는 100세를 앞둔 노령의 시 암송가 스테판 에셀의 말을 다시 되새긴다.

"나의 내면 곳곳에 시가 깃들어 있고, 살아오면서 최악의 순간에도 시의 도움을 받았습니다. 나치 독일의 강제수용소에 갇혀 있을 때도 시구에 담긴 운율의 힘을 빌려 마음을 달래곤 했습니다. 나에

시 외우는 아이들

"청소년들과 오락 시간을 함께 보내면 교단 위의 교사가
형님과 같이 될 것입니다. 오락 시간에 건네는 한마디 말은
바로 사랑하는 사람의 말이 됩니다."

– 돈보스코

게 시란 명상과도 같습니다. 이제는 기억 속에 생생하게 살아 있는 여러 편의 시들 덕분에 나는 편안하게 죽음을 받아들일 준비가 되어 있습니다."

● 평생교육원 창원젊음의집 경남 창원시 의창구 의안로 66번길 33

좋은 습관이 뿌리내리기까지
결코 어떤 예외도 허락하지 마십시오.

돈보스코는 청소년들이 좋은 습관을 갖도록 교육하라고 권고합니다. 좋은 습관을 들이기 위해서는 기본적으로 네 가지가 필요합니다.

첫째, 청소년들은 가능한 한 열성을 다해 100미터 선수처럼 제때 출발하는 습관을 들여야 합니다. 이런 열성은 금방 포기하게 하는 유혹의 속삭임을 뿌리치고 힘찬 출발을 가능케 합니다. 반면에 매일 다시 주어지는 기회를 다음으로 미루면 다시 그 기회가 오지 않을 가능성이 커집니다. 이 새로운 습관이 생활에 깊이 뿌리내리기까지 결코 어떤 예외도 허락하지 말라고 가르쳐야 합니다.

둘째, 좋은 의도만 가진다고 되는 것이 아닙니다. 바로 행동으로 옮기게 해야 합니다.

셋째, 매일 어떤 작은 희생이나 극기를 자발적으로 실천함으로써 자신의 의지력을 기르고 보존하도록 가르쳐야 합니다.

넷째, 교육자는 시대의 요구를 판독하여, 교육 현장에서 실행 가능한 효율적이면서도 최적의 '습관 들이기' 방법을 끊임없이 연구하고 실행해야 합니다.

주영이의 봉숭아 연정

"수녀님, 예쁜 손톱이 될 거예요."

수줍음만 보이던 평소와 전혀 달리 주영이는 씩씩했다.

…

주영 씨가 마이크를 잡았다. 가수 현철의 '봉선화 연정' 가사가 음악과 함께 노래방 TV 화면에 나타난다.

손대면 톡~ 하고 터질 것만 같은 그~대 봉선화라 부~르~리
더 이상 참~지 못할 그~리~움을 가슴 깊이 물~들~이고

고개를 완전히 뒤로 젖힌 자세로 마이크가 터져나가라 악을 쓰며 노래를 이어간다.

수~줍~은 너의 고~백~에 내 가슴이 뜨~거~워
터지는 화산처럼 막을 수~없~는 봉~선~화~연~정

누구를 향한 봉선화 연정일까? 테이블에 다소곳이 앉아 이 모습을 바라보는 여자 친구가 있다면 그녀는 한 치의 의심도 없이 저 노래의 주인공이 자신이라 믿을 것이다.

그러나, 그러나, 불행하게도 야속하게도 그건 절대적 착각이다. 주영 씨의 봉선화 연정의 주인공은 따로 있다. 내가 다 안다. 그 여인의 이름은 장·금·옥. 마·리·아. 신분은 수녀이면서 보건 교사. 두 사람, 사랑의 불씨를 태우던 장소는? 살레시오초등학교* 양호실. 그녀의 특징은? 완전 원조 전라도 억양과 말씨를 가졌다는 것.

그럼 지금부터 주영 씨와 장 마리아 수녀의 사랑을 본 대로, 들은 대로 써내려가겠다.

사랑이란 말릴 수도 없고 감출 수도 없는, 국경도 나이도 따지지 않고 찾아오는 열병인데 뭘 숨기겠는가.

주영이의 봉숭아 연정

진짜 아프다며, 진짜 꾀병을

딱딱한 교실과 달리 아늑한 상담용 소파가 있고 포근한 침대가 마련되어 있는 초등학교 양호실은 전교생의 육체적 아픔을 치유하는 곳이자 정서적 휴식의 장이다. 그래서 보건 교사인 마리아 수녀는 아파서 오는 아이는 물론, 말도 안 되는 이유를 달고 찾아오는 아이들도 그냥 보내지 않는다. 한 번이라도 더 만져주고 웃어주고 다독거려주며, 그들 마음의 이야기를 들어주고, 배고프다는 아이들에게는 먹을 것까지 챙겨주곤 했다. 그랬더니 양호실엔 아침 시간, 쉬는 시간, 놀이시간, 공부시간 할 것 없이 틈만 나면 들락거리는 아이들이 늘어만 갔다.

한 녀석이 눈을 아래로 내리깔고 인상을 파악, 쓰는 것도 모자라 걸음까지 약간 비틀거리며 양호실 문턱을 넘는다.

"수녀님, 저 진짜 많이 아파요."

"어디, 어디가 아프냐?"

"요~기 배가요."

그녀는 손바닥으로 아이의 배를 만져준다. 그래도 계속 아프다고 해서 침대에 누워 있으라 했더니 금세 2층 침대로 올라가 먼저 와 누워 있던 친구와 이불 속에서 까분다.

이제 상처가 다 나아서 연고를 바를 필요가 없는데도, 기필코 새로

약을 바르고 밴드까지 붙여달라는 아이도 있다. 두통을 호소하는 아이의 이마에 그녀가 손을 얹으니, 친구를 데리고 온 아이가 자기도 머리 아프다며 옆에서 쓰러지는 시늉을 한다. 어떤 아이는 진짜 아프다는 걸 증명하려는 듯 그 좋은 인상까지 구기지만 진짜 꾀병이다. 그녀는 양호실의 제 기능을 찾기 위해 서서히 제재를 가할 결심을 한두 번 한 게 아니다. 그러나 실행에 옮기지 못하고 있다.

얼마 전에는 체구 좋은 6학년 광현이가 다리를 절룩거리며 양호실로 들어왔다. 그런데 코피가 터져 앉아 있던 친구가 광현이를 쳐다보며 한마디 하자 냉큼 달아나버렸다.

"야, 너 언제 다리 다쳤는데? 구라지?"

그 모습에 그녀는 한참을 웃었다.

단골손님 주영이의 등장

그게 언제부터였나? 기억은 없으나 양호실에는 매일매일 그녀를 찾아오는 단골손님까지 생겼다. 키가 조그마한 초등학교 1학년 주영이는 웃으면 여자애처럼 양쪽 볼에 보조개가 들어간다. 아마 언젠가 주영이가 아파서 양호실에 온 것이 그녀와의 첫 만남이었으리라.

오늘도 주영이는 학교에 도착하자마자 교실이 아닌 양호실 쪽 복

주영이의 봉숭아 연정

도를 걷는다. 오른손에는 실내화 주머니, 등에는 자기 등보다 넓은 가방을 메고 있다. 양호실이 가까워지자 주영이는 까치발을 하고 걸어오더니 가만히 문을 열며 인사를 한다.

"마리아 수녀님, 안녕하세요."

"오메, 주영이 왔냐?"

그녀가 이렇게 응답을 하면 주영이는 수줍은 듯 몸을 비비 꼬며 그녀를 바라본 후 "안녕히 계세요" 다시 인사를 하고 냅다 교실로 뛴다. 자기 눈에 그녀가 피곤해 보이기라도 하는 날엔 살금살금 양호실 안으로 들어와 조막만 한 손으로 그녀의 어깨를 두드려주고 간다.

마리아 수녀를 향한 주영이의 아침 문안은 날이 가고 달이 가고 또 새 달이 와도 일편단심 이어졌다. 마리아 수녀에게도 어느새 주영이는 만나면 기쁘고 안 오면 기다려지는 양호실 단골손님을 뛰어넘어, 점점 그녀 가슴에 꽉 들어찬 존재가 되어갔다.

그날은 아침부터 비가 왔다. 불쾌지수가 높은 이런 습한 날은 양호실 문턱이 불이 난다. 마리아 수녀는 분주히 침대 정리를 하고, 감기 몸살약과 주사도 미리미리 준비한다. 아니나 다를까, 종일 그녀는 아이들 사이에서 녹초가 되었다.

정규수업이 끝난 방과 후, 학교도 양호실도 조용하다. 잠깐 그쳤던 비가 다시 내리는 소리가 귓전에 들린다. 그녀는 피곤한 몸을 소파에 의지하고 앉아 눈을 감았다. 그때 복도에서 인기척이 났으나 지나가는 소리려니 하고 무심히 있다가 드르르 양호실 문이 열림과 동시에 "수녀님" 하는 바람에 눈을 떴다.

"아이고, 깜짝이야!"

주영이였다.

'아니, 애가 이 시간에 뭔 일이여?'

문 밖에 서 있는 주영이를 확인한 그녀는 너무 놀랐다. 비에 젖은 머리카락, 얼굴 위로는 빗물이 흐르고 있었다. 그런데도 배시시 웃고 서 있는 주영이의 오른손에는 뿌리째 뽑힌 봉숭아가 개선장군이 든 꽃다발처럼 높이 들려 있지 않은가. 실내화 가방을 든 왼손에는 맨들 맨들한 돌멩이가 끈 사이로 살짝 보였다. 그녀는 주영이의 비에 젖은 생쥐 꼴에 한 번 놀라고, 저 봉숭아를 어디서 뽑아왔는지 아는 순간 또 한 번 놀랐다. 틀림없이 교장 수녀님이 제일 아끼는 텃밭에서 뽑 았을 것이다.

"주영아, 너, 너 아직도 집에 안 갔냐? 그 봉숭아 어디서 났냐, 응? 왜 뽑았어. 큰일 났네, 큰일 났어……."

주영이는 마리아 수녀의 걱정스런 반응에도 끄떡 않고 척척 안으 로 들어오더니 일단 가방을 내려놓았다. 그리고선 곧장 봉숭아 줄기 에서 꽃잎을 따서 양호실 바닥에 놓고 돌멩이로 부지런히 찧기 시작 했다. 그녀가 말리고 자시고 할 사이도 없이 콩콩콩, 봉숭아 꽃잎은 짓이겨졌다. 주영이가 교장 수녀님의 말씀을 기억 못할 리 없다.

"사랑하는 친구들! 부탁할게요. 학교 텃밭에는 고구마랑 오이, 가지 그리고 예쁜 우리나라 꽃들이 있어요. 함부로 손대지 말고 눈으로만 사랑해주세요."

교장 수녀님의 목소리가 울고 있었다. 그러거나 말거나, 주영이는 돌멩이로 봉숭아 꽃잎을 더 세게 팍팍 내리쳤다. 자기 가슴처럼 빨간 물이 나올 때까지.

잠시 후 주영이는 만족한 듯 일어나서 그녀의 손목을 잡아끌었다. 그리고 사랑하는 마리아 수녀의 손톱 하나하나 위에 으깬 봉숭아 잎을 조심조심 올려놓았다.

"수녀님, 예쁜 손톱이 될 거예요."

수줍음만 보이던 평소와 전혀 달리 주영이는 씩씩했다. 열손가락을 펼치고 있는 그녀에게 주영이는 웃으며 또 말을 했다.

"히히~ 아이들이 다 가고 난 시간을 노렸어요. 이 꽃은요, 저기서 뽑았어요."

주영이 손가락을 따라 그녀의 시선은 양호실 벽을 넘어 운동장 뒤쪽 화단에 머물렀다. 틀림없었다.

"비가 오면 교장수녀님이 화단을 돌지 않는다는 걸 알거든요? 그래서 땄어요. 히히~."

주영이는 대만족이었다. 늘 같은 옷만 입고 다니는 사랑하는 수녀님의 손톱이나마 예쁜 색깔로 만들어주고 싶었나 보다. 그래서 아이들이 없는 방과 후 시간까지 기다렸다가 찬스를 노려 이런 큰일을 벌인 것이다. 그녀는 할 말을 잃었다. 다만 속으로 흥얼거렸다.

'오메, 이런 사랑받는 여인, 나 말고는 없을 것이여~ 어디, 있다면 나와볼 것이여.'

밖에는 계속 비가 내리고 초등학교 양호실 안에는 주영이의 봉숭아 사랑이 벙실벙실 피어오르고 있었다.

억만 번 들어도 기분 좋은 말, 사.랑.해.

그녀는 열손가락을 그대로 펼친 채 수녀원으로 달렸다. 그때 나는 그녀와 우연히 마주쳤다.

"어머나 세상에, 수녀님! 그게 뭐예요. 봉숭아 물들여요? 근데 왜 그렇게 얼굴이 빨개요?"

의아해하며 묻는 나에게 그녀는 감출 수도 없고, 멈출 수도 없는 주영이의 사랑을 오후 내내 전해주었다.

"어머머, 어머머, 귀여워라. 주영이 그 애 정말, 수녀님을 사랑하나 봐요. 어머나, 어머나……."

나는 그날 마리아 수녀가 솔직히 부러웠다.

봉숭아 연정을 불태웠던 초등학교 1학년 주영이. 이제는 이십대 청년으로 변해 있을 그에게 사랑의 노래를 큐비트 화살에 담아 쏜다.
제2의 여인과 다시 뜨겁게 사랑을 불태우길 바라며.

♡은 사시사철 지지 않는 꽃. 푸른 잎도 모두 꽃으로 피게 하는 요술
쟁이.

♥은 시도 때도 없이 만나고픈 그리움.

♡은 너와 나, 맨날 함께 놀고 싶은 개구쟁이.

♥은 앉으나 서나 그대 생각뿐.

♡이란 내일은 무슨 일이 있을까 붕~ 떠 있는 기분.

♥이란 눈을 감아도, 눈을 떠도 늘 그가 보이는 병.

♡은 가진 것 모두 줘도 또 주고 싶은 마음.

♥이란 금방 통화했어도 또 문자 보내는 착한 바보.

♡이란 둘만의 특별한 날을 만들고 싶은 꿈쟁이.

♥은 이 세상에 단 둘만 남아도 행복해.

♡이란 죽은 이도 살리는 신비.

억만 번 들어도 기분 좋은 말,

"♥해."

• 살레시오초등학교 www.salesio.es.kr

바로 '너'이기 때문에 사랑한다고 말해주십시오.

돈보스코는 교육자들에게 다음과 같이 부탁합니다.

"청소년들을 사랑하는 것만으로는 부족합니다. 그들이 사랑받고 있음을 느낄 수 있도록 사랑하십시오."

이것이 돈보스코가 강조한 사랑의 개념입니다. 그는 사랑에 대해 재차 강조합니다. "그들에게 사랑한다는 것을 보여주십시오. 사랑하는 것만으로는 충분하지 않습니다."

아이들은 자신이 재능이 많기 때문에, 머리가 좋기 때문에, 어른들이 원하는 대로 잘 따르기 때문에 사랑받는 조건적 사랑을 원하지 않습니다.

"애야, 내가 너를 사랑하는 것은 네가 어떤 일을 했거나 혹은 어떤 일을 하지 않았기 때문이 아니라 바로 '너'이기 때문이다"라는 조건 없는 사랑을 원합니다. 그래서 돈보스코는 가진 것 하나 없는 청소년일지라도 "너는 젊다는 이유 하나만으로도 사랑받기에 충분하다"는 명언을 남겼습니다. 교육자의 조건 없는 사랑을 배운 청소년은 그 교육자에게 조건 없는 사랑으로 보답할 것입니다.

무수한 별들을 보여주는 찰나

어느 적절한 순간에 오늘 유미의 책임지는 태도에 대한

칭찬을 빠뜨린다면 우리의 업무는 미완성이다.

…

　주일 미사 중, 앞에 서 있는 소녀를 바라본다. 어제 법원에서 온 송이다. 단정하게 묶은 머리와 하얀 피부, 사슴처럼 긴 목선이 왠지 서럽다. 송이가 오른손으로 묶은 머리 끝을 살짝 돌린다. 뒷모습이 내 어릴 적보다 훨씬 예쁘다. 그래서 속으로 말을 건다.

　'송이야, 넌 수녀님 어릴 때보다 더 예뻐. 그런데 왜 여기 왔어? ……널 지켜줄 어른이 없었구나. 그치?'

코끝이 찡해지면서 송이의 뒷모습이 흐려진다.

센터* 아이들의 숫자가 계속 늘어만 간다. 그만큼 가정이 무너지고 부모가 제 역할을 못하여 많은 아이들이 집을 나와 방황하고 있다는 증거다. 사춘기 청소년들은 한 번쯤 충동적으로 어느 날 가출을 할 수 있다. 그 뒤 한쪽 부모라도 울타리를 쳐줄 수 있는 가정의 아이들은 언젠가는 돌아가 방황을 멈춘다. '그래도 날 기다려줄 거야' 하는 믿음이 발길을 돌리게 한다. 그러나 자신을 진심으로 기다려주는 어른이 없을 때 가출의 발길은 돌리기 어렵다.

'우리 집은 아무도 날 찾지 않아.'

그런 절망이 분노가 되어 비행의 연속으로 이어지는 것이다.

때문에 자신을 망치고 세상을 망치는 아이들에게 돌을 던지다가도, 그들 비행의 근본 원인이 결국 누구에게 있는가를 생각하면 연민의 마음을 접을 수가 없다. 어린 나이에 부모에게 버림받았다는 것, 그보다 무서운 일이 세상에 있겠는가. 그래서 두려움 없이 사고를 치다 법의 처분을 받고 들어온 아이들이 센터에 머물고 있다.

개별적 사랑의 기적

센터의 원장인 오옥순 수산나 수녀는 하루를 마감하면서 책상 유리 밑에 꽂아둔 아이들 사진을 보며 한 명 한 명 이름을 부른다. 승희, 이슬, 은수, 윤경, 현미, 지민, 성아, 청미……. 그녀의 눈이 미애의 사진에서 멈춘다. 오늘 한 번도 마주치지 않은 아이다. 그녀는 그날 밤 미애 방을 찾아가 말을 건다.

"미애랑 오늘 만날 시간이 없었네? 내일은 수녀님이 시간을 꼭 마련할게. 잘 자."

아무 생각 없던 미애는 그녀의 만나자는 말에 무척 기뻐한다. 누군가가 자기를 관심 있게 보고 있었다는 사실이 미애는 기쁜 것이다. 다음 날 아침, 미애는 계단을 내려오는 원장 수녀를 기다리고 서 있다 먼저 인사를 한다.

"원장 수녀님, 어젯밤에 저보고 잘 자라고 하셨죠?"

미애의 목소리가 그녀와 오래전부터 알고 지낸 사이처럼 정답다. 그녀는 아이들과 지속적으로 친밀감을 나누어 관계가 형성될 때 비로소 인격적인 지도가 가능하다는 것을 믿는다. 그래서 개별적으로 알아가는 것은 아주 중요하다. 일 대 일의 개인 만남은 교육자와 아이가 서로 상대를 알아가는 시간이다.

입소한 지 한 달이 지난 민희는 첫날부터 까칠하기 그지없었다. 자신이 저지른 일에 대한 반성의 자각 없이 자기는 억울하다며 무조건 센터 생활에 적응하길 거부하다 간신히 하루가 지났다. 원장 수녀는 이튿째 되는 밤에 민희를 잠깐 불렀다.

"민희야, 또 하루가 지났네."

"하루가 너무 길었어요."

"그래? 내일은 오늘보다 좀 짧을 수 있어."

"왜요?"

"오늘 하루가 지났기 때문에 그래."

"그래도 아직 많이 남았잖아요."

"그건 사실이야. 그러나 하루하루 살다 보면 짧아져. 민희야, 우리 내일 또 만나자."

"안 그래도 만나려고요. 정말 미칠 것 같아요."

원장 수녀는 민희의 두 눈을 뚫어지게 바라보며 말한다.

"민희야, 그런데 민희가 솔직하게 바른말을 하는 걸 보면 미치거나 돌 것 같지 않은데?"

그랬더니 민희는 "이렇게 돌아버릴 것 같은데요?"라며 고개를 오른쪽에서 왼쪽으로 빠르게 회전시킨다.

"아니야. 어제는 민희가 땅바닥만 보고 이야기했는데, 오늘은 수녀님 얼굴을 쳐다보며 말하는 걸 보면 아마 조만간 잘 지낼 수 있을 거야."

그녀는 과장하거나 포장하지 않고 느낀 대로 전해주었다.

출생 보름 만에 가출한 엄마처럼 자신 또한 집을 나와 몸과 마음을 놓아버린 민희가 이제는 '똑똑' 노크를 하고 원장 수녀의 사무실에 익숙하게 들어온다. 그리고 자신의 변화를 이야기한다.

"수녀님, 저 잘 살고 있어요. 삐딱하게 말하지 않고 속으로 욕도 하지 않아요. 전에는 엄청 했거든요? 이젠 수녀님들이 저를 보호해 준다고 느껴요. 판사님도 그렇게 말했으나 믿지 않았는데 지금은 믿어요."

그러면서 판사님께 자기가 잘 살고 있다고 전해달란다.

원장 수녀는 수시로 학습장을 돈다. 아이들과 눈을 마주치기 위해서다. 창문 밖에서 아이들의 모습을 살핀다. 센터 소녀들은 어른들이 주변에 있는 것을 좋아한다. 어른들의 부재 속에 방치되어 자란 아이들의 특징이다.

가출했다 돌아온 떼쟁이 은채가 수업이 끝난 후 할 말이 있다며 원장실에 들어왔다.

"수녀님, 저 지금 많이 노력하고 있는데 보여요?"

"그럼, 아까도 수녀님이 '은채 어디 있나' 찾았는데?"

그녀의 말이 끝나자 은채는 환한 표정으로 대답했다.

"아, 맞아요. 수녀님이 나, 봤어요. 우리가 공부하고 있을 때 돌면서 한 명 한 명 눈을 바라보고 있었어요. 그래서 수녀님이 나를 보고 있구나, 공부를 더 열심히 해야겠구나 생각했어요. 그때 엄청 졸렸거든요?"

은채는 이제 아무리 떼를 써도 안 되는 것은 안 된다고 말해주는 그녀에게 말한다.

"수녀님은 마치 들어줄 것처럼 내 말을 다 듣고, 나중에 가서는 '그건 안 되는데' 해요."

"그럼 엄청 속상하겠네?"

은채는 고개를 흔든다.

"아니요? 그래도 끝까지 들어줘서 시원해요."

내일은 승이를 가장 먼저 만나야지

센터 아이들은 일 대 일의 만남을 통해 개념과 원칙을 알아간다. 원장 수녀는 설득을 통해 아이를 교정하고 주어진 환경에 적응하면서 새로운 생각을 갖도록 유도한다. 마음의 대화로 관계 형성이 된 아이는 그녀가 한마디만 해도 알아듣는다. 또 그 아이가 사고를 쳤을 때 "오늘 일어난 일, 어떻게 된 거야?" 하면 아이는 신뢰를 깨고 싶지 않는 마음이 있기에 다시 제자리로 돌아오는 데 많은 시간이 필요치 않다.

약자에 대한 연민이 깊은 센터 아이들은 그녀가 지쳐 있으면 문고리를 잡고 자비를 베푼다.

"길게 말하지 않도록 할게요."

때때로 원장 수녀는 만남을 통해 아이들에게 도움을 청한다.

아이들 사이에서 은밀한 힘으로 군림하고 있는 현지에게 어느 날 원장 수녀가 말했다.

"넌 이제 기둥 역할을 해야 돼. 부탁할게, 현지야. 새로 온 친구들이 적응할 수 있도록 현지가 도와줘."

신뢰받은 약효가 내일 끝나더라도 현지의 양 볼이 불타는 사명감으로 터질 것만 같다.

이제 또 하루를 마감하는 시간. 원장 수녀는 아이들의 사진을 보며 이름을 불러준다. 미진이, 청미, 지수, 수빈이, 소이……. 3일 전 입소한 승이 사진에서 시선을 멈춘다. 엄마가 자살을 시도했으며 승이도 같은 경험을 했다. 계속 겉돌고 있는 승이를 내일은 가장 먼저 만나야지.

원장 수녀는 아이들과의 개인적 만남을 업무의 1순위로 매긴다. 그 업무를 뒤로 내치지 않기 위해 그녀는 끊임없이 시간을 내야 한다. 아이들의 변화는 어른들의 스치는 말 한마디, 자신을 걱정해주는 진심어린 눈빛, 강고하지만 솔직한 지적, 공정한 칭찬 등을 통해 자신이 존중받고 있다는 것을 느끼는 시점부터 시작된다.

열다섯 살은 브레이크 없는 자동차란다. 우리 센터에서도 열다섯 살 유미가 가장 무서운 존재다. 그런 유미가 벌칙으로 점심 설거지를 혼자 하고 있다. 싱크대 위에 자기 키보다 높이 쌓인 국그릇, 밥그릇,

반찬그릇, 숟가락, 젓가락 등을 수세미에 세제를 듬뿍 묻혀 '시간아, 놀자' 하며 열심히 설거지를 한다.

오늘이 아니어도 좋다. 어느 적절한 순간에 센터 스텝들이 오늘 유미의 책임지는 태도에 대한 칭찬을 빠뜨린다면 우리의 업무는 미완성이다. 단 몇 초의 스침일지라도 진실한 만남은 아이에게 절망이 희망으로 바뀌는, 무수한 별들을 보여주는 찰나가 되기에.

● 마자렐로센터 www.mcmain.or.kr

무수한 별들을 보여주는 찰나

돈보스코 예방교육 영성

인간적 만남이 빠진 교육은 모래 위에 지은 집과 같습니다.

돈보스코 예방교육 체계에서 아이들은 언제든 교육자를 만날 수 있습니다. 일반적으로 미리 약속을 하고 교육자를 만날 필요가 없는 것입니다. 약속이 필요한 경우는 특정 교육자와 면담하고자 하는 학생들의 수가 아주 많을 때뿐입니다.

돈보스코는 하루 중 어느 때라도 아이들과 기꺼이 대화를 나누거나 도움을 주는 것이 '교육자의 의무'라고 말합니다. 그래서 교육자를 만나고 싶어하는 아이에 대한 무조건적인 수용 내지 환영을 주창합니다. 그는 마음 대 마음의 대화에 가장 필요한 것은 내담자를 환영하고 신뢰하는 자세라고 믿었습니다. 그래서 그는 찾아온 아이들을 중요한 인물처럼 대접했습니다. 소파에 앉으라고 권한 뒤 큰 관심을 가지고 그들의 말에 귀를 기울였습니다. 종종 아이와 함께 방 안을 왔다 갔다 하기도 했습니다. 얘기가 끝난 후에는 문까지 다가가 직접 열어주며 이렇게 말했습니다.

"항상 친구로 지내자."

예방교육은 관계의 교육학입니다. 마음과 마음의 만남은 관계의 형성이며, 그것이 교육의 기본이 되어야 합니다. 인간적 만남이 빠진 교육은 마치 모래 위에 지은 집과 같습니다.

망가져야 얻을 수 있는 것

망가져도 저렇게 망가지다니……

어머니가 보셨다면 바로 하느님께 무릎 꿇고 기도하셨으리라.

...

정재준 요한 신부는 기숙생들이 모이기 10분 전에 거실에 나와 기다리고 있다. 이 밤에 어딜 떠나려나? 손에 든 여행 가방이 의미심장하다. 평소 차분한 그의 얼굴에 약간의 긴장감도 살짝 비껴가는 듯하다.

한 명, 두 명, 남자아이들이 나타나기 시작하더니 잠깐 사이에 거실이 꽉 찼다. 개구쟁이 티를 감출 수 없는 녀석들 틈에 아저씨들이 잘못 앉아 있나? 덩치 큰 녀석들도 꽤 된다. 이들의 공통점은 모두 청소년이라는 것과 현재 가방 하나씩을 옆에 끼고 있다는 점이다. 그러나 옷차림으로 보아 여행을 떠나는 폼은 아니다. 그리고 약간 귀찮다는 아이들의 몸짓이 이런 모임이 처음이 아님을 알려준다.

요한 신부는 기숙생이 모두 모인 것을 확인한 후 즉시 본론으로 들어갔다.

"자, 그럼 내일부터 시작되는 2박 3일간의 신나는 여행을 위해 가지고 갈 개인 물품 확인을 시작하겠습니다. 맨 먼저 자기 앞에 가방을 놓고 지퍼를 엽니다."

요한 신부도 가지고 온 여행 가방을 앞으로 당겨 지퍼를 열었다. 아이들에게 요구한 사항을 자신도 똑같이 하면서 다음 말을 이었다.

"열었습니까? 맨 먼저 여벌 윗도리 두 장, 양손에 들고 올려주세요."

요한 신부의 말이 끝나기 무섭게 아이들은 각자의 윗도리 두 장을 양손에 높이 들었다 다시 내려놓았다.

"그 다음, 바지 두 장, 올리세요."

아이들은 바지 두 장을 거침없이 들어올렸다. 정 신부도 양손에 바지 두 장을 올린 상태에서 아이들 손에 들린 바지가 한 벌인가 두 벌인가를 확인한다. 다행이 아직까지는 모두 만점이다.

며칠 전부터 요한 신부는 여행 준비물의 종류와 개수를 게시판에 적어놓고 아이들에게 기억시켰으며, 오늘 최종점검 때 빠짐없이 가방에 챙겨서 모이게 한 것이다. 바지 확인이 끝나면 그 다음 러닝셔

츠, 그 다음 양말 그리고 마지막 확인을 한다.

"자, 자, 자, 마지막 확인입니다. 마지막입니다. 팬티 한 장 말고 두 장입니다. 두 장! 확실하게 들어주세요."

요한 신부가 외치자 모든 아이들이 양손에 각자의 팬티 두 장을 번쩍 들고 마구 흔들었다. 고성까지 지르면서. 한밤중에 기숙사 거실 천장 밑에는 각양각색의 남자 팬티들이 만국기 휘날리듯 나풀거렸다. 요한 신부도 아이들과 똑같이 팬티 두 장을 양손에 들고 흔들었다. 아주 만족스럽다는 표정으로.

문득 요한 신부의 마음에 어머니의 얼굴이 스친다. 평생을 신앙으로 똘똘 뭉쳐 사신 어머니께서 이 광경을 보셨다면? 품위 넘치는 귀공자풍 외모에 잔잔한 미소가 인증 샷인 막내아들, 더군다나 대한민국의 역사적 인물 정약용의 후손인 요한 신부가 팬티를 들고 흔들고 있다. 망가져도 저렇게 망가지다니……. 아마 어머니는 바로 하느님께 무릎 꿇고 용서와 자비를 청하는 기도를 하셨으리라.

신부님! 팬티 두 장?

요한 신부는 신앙심 깊은 부모 밑에서 자랐다. 가족들은 매일 저녁 무릎을 꿇고 저녁기도를 바쳤다. 시작성가로 아버지가 성가를 선창

"의지를 조절하고
단련시키기 위해서는
작은 덕행들의 실천을
반복시켜야 합니다."
- 돈보스코

젊다는
이유만으로
사랑받기에
충분합니다
- 돈 보스코 -

하시면 맨 끝절까지 부르는 것이 집안의 전통이었다. 그 다음 가톨릭 기도서에 나오는 거의 모든 기도를 바치고 아시시 성프란치스코의 평화를 구하는 기도와 푸른군대 회원들이 바치는 봉헌문을 바치면 제1부가 끝났다. 이어서 제2부 묵주의 9일기도가 이어지고, 제3부에는 가족들의 자유기도에 이어 용서와 감사의 기도를 바치고 나면 마침성가로 기도가 끝났다. 어릴 적 매일 바친 한 시간짜리 저녁기도는 요한 신부의 몸에 배어 지금은 너무 자연스럽다.

그때의 습관처럼 요한 신부는 아이들과 여행 물건 챙기는 의식을 오늘만이 아니라 여행을 갈 때마다 반복한다. 기도가 습관이 된 자신처럼 아이들도 물건 챙기는 일을 반복하다 보면 나중에는 몸이 따라 하게 된다는 것을 알기 때문이다.

요한 신부의 여행 준비물 확인은 계속된다. 이번에는 꺼냈던 물건들을 다시 가방 안에 넣는다. 이때도 순서가 있다. 내일 여행지에 도착하여 제일 먼저 사용할 것이 가방 맨 위에 놓이도록 한다. 오늘 밤에는 여기까지다. 그리고 내일 아침 요한 신부가 자신의 치약, 칫솔을 오른손에 들고 현관에 서서 "치약과 칫솔을 가지고 오세요. 안 챙긴 친구는 다시 올라가서 챙겨오세요" 하면 아차, 하고 세면장으로 돌아가 치약과 칫솔을 가지고 오는 것까지 확인하면 끝난다.

십대 아이들인데 이 정도까지 해야 하나? 그렇다. 이들은 거의 대부분 결손가정에서 자랐다. 집에서 가르쳐주고 챙겨주는 사람이 없었다. 결국 아무리 쉬운 일도 가정에서 배워야 할 것을 못 배웠다면 다 큰 어른이 되어서도 하지 못한다.

무서운 습관의 힘

아이들과 처음 여행을 떠날 때 요한 신부는 자기 물건은 당연히 알아서 챙기겠지 생각했다. 그러나 막상 도착해보니 준비해오지 않은 아이들이 태반이었다. 가방 안에는 달랑 옷 한 벌 정도였다. 안 되겠다 싶어 그 다음에는 떠나기 며칠 전부터 오며 가며 볼 수 있도록 게시판에 개인 소지품 종류를 세세하게 적어놓았다. 그러나 그 방법도 효과가 없었다. 연구 끝에 게시판에 적어놓고, 또 개인적으로 용지에 적어주어 물건을 가방에 챙기게 하고 떠나기 전날 밤에 다시 확인하는 오늘의 이 방법을 택한 것이다. 그리고 어릴 적 부모님이 자기와 똑같이 무릎 꿇고 기도를 바쳤듯이, 자신도 아이들과 같이 준비물을 확인하고 다시 가방에 집어넣었다. 그래야 아이들이 '우리만 못하니까 우리만 하는 구나!'가 아니라 '가족이 어디로 떠날 때는 모두 함께 아주 자세하고 계획성 있게 준비해야 하는구나!'를 배울 수 있다고 생각했다.

훗날 요한 신부는 해마다 개최되는 돈보스코청소년센터* 축제일에 함께 살았던 기숙생 우석이를 만났다. 경상도에서 직장생활을 하는 우석이는 아들과 아내를 데리고 축제 참가차 서울에 온 것이다. 요한 신부는 우석이에게 가만히 농담 섞인 말을 했다.

"야, 우석아! 서울 올 때 물건 잘 챙겨왔냐?"

우석이는 쑥스러워하면서 아내에게 들리지 않도록 작은 목소리로 대답했다.

"신부님, 저 이제 준비물 잘 챙깁니다. 그래서 와이프에게 체면도 서고 그래요."

• 돈보스코청소년센터 www.youthbosco.net

망가져야 얻을 수 있는 것

돈보스코 예방교육 영성

교육자의 삶이 메시지가 되어야 합니다.

돈보스코 예방교육 체계는 청소년들과 함께 생활하는 체계이며 친교의 체계입니다.

돈보스코는 청소년들과 많은 대화를 나누면서도 결코 그들에게 권위적인 명령을 내리지 않았으며, 그들의 자유가 존중되기를 바랐습니다. 그래서 청소년들과 함께 사는 교육자들이 "내가 시키는 대로 해야 돼"라는 말로 아이들을 권위에 대한 갈등 속으로 밀어 넣은 것은 큰 잘못이라고 못 박았습니다. 강요와 억압, 겉꾸밈, 윗사람으로서의 권위적 태도를 허용하지 않은 것입니다.

돈보스코의 이상은 청소년들을 이해하고, 대화를 통해 그들의 마음을 얻으려는 마음가짐으로 청소년들과 함께 생활하는 것입니다.

또한 그는 교육자의 삶이 메시지가 되어야 한다고 말합니다. 아이들은 부모나 교육자가 말한 대로 하는 것이 아니라, 실제 행동하는 대로 따라합니다. 그래서 돈보스코는 교육자가 아이들의 아버지나 형과 같은 존재로서 교육의 좋은 모델이 되고 존중받기를 바랐습니다.

요한 신부는

돈보스코청소년센터에서

2년 동안 사제가 아닌

기숙생 아이들의

큰형으로 살았습니다.

난 상장, 필요 없어요

선생님, 제가 죄를 지었어요.

학력장을 타지 못하면 부모님께 혼날까봐 거짓말을 했어요.

...

나(류현숙 루시아 수녀)는 21년 동안 살레시오초등학교*의 교사 수녀로 살아왔다. 교장직 5년을 제외하고는 언제나 담임을 맡아 아이들 속에서 지냈다.

교사 생활을 하면서 내가 아이들에게 심어주고자 했던 가치관은 '사람은 바르게 살아야 한다'는 것이었다. 이것은 교직에 몸담고 있는 동안 나의 변함없는 신조였다.

학년이 바뀌는 새해가 되면 내 자신에게도 이 가치관을 새롭게 다짐시켰고, 나와 인연을 맺는 아이들에게 사람이 살아가면서 지켜야 할 인간의 기본 도리로 심어주고자 힘썼다.

수도자는 일정한 시간표대로 생활한다. 매일 동트기 전 새벽에 일어나 성경 말씀을 묵상하며 하루를 준비한다. 성경에는 무수한 희로애락의 인간사를 헤쳐나가는 삶의 지혜가 담겨 있다. 나는 아이들에게 새벽마다 묵상한 그날의 성경말씀을 바탕으로 어떻게 사는 게 바르게 살아가는 것인지 방법을 제시해주었다.

우리 학교는 전체 학생들이 아침 방송조회를 한 후 학급조회를 연다. 나는 매일 이 시간을 이용하여 우리 반 아이들에게 그날 묵상한 성경말씀을 들려주면서 하느님은 우리를 바라보고 계시고, 우리를 사랑하고 계시기에 바르게 살아야 한다는 것을 가르쳤다. 아이들은 수업시간보다 더 열심히 듣고 내가 말한 것을 실천하려고 노력했다. 진리의 말씀은 종교의 벽을 넘어 순수한 아이들 마음에 그대로 스며들었다.

내 경험에 의하면, 초등학교 1학년부터 3학년까지의 아이들은 친구든 누구든 상대가 하는 대로 모방하려고 한다. 특히 담임이 말할 때는 뚫어져라 바라보며 하느님이 말씀하시는 것처럼 듣고, 그대로 하려는 순수 그 자체의 아이들이다. 그러므로 무엇보다 양심에 대한 교육이 이 시기에 가장 중요하다.

나를 돌아보는 아주 잠깐의 멈춤

기호는 우리 반의 반장이었다. 외아들이라 약간 이기적이고 자기 밖에 모르는 아이였다. 성적도 학급에서 1등, 전교에서 5등 안에 들 정도로 우수했다. 월말고사를 치르면 평균 90점 이상 받은 학생에게 주는 '학력장'을 기호는 매달 받았다.

3학년 2학기 중간 즈음의 일이다. 월말고사 시험을 쳤는데 기호는 어찌된 일인지 평균 90점이 안 되고 말았다. 한 문제 때문에 안타깝게 상을 못 받게 된 것이다. 나는 여느 때처럼 시험을 보고 나서 아이들에게 자기 시험지를 나눠주고 점수를 확인하게 하였다. 채점이 정확하다는 것을 아이들에게 알려주고, 또 만에 하나 채점이 잘못되어 상을 놓치는 경우를 막기 위해서다.

그런데 기호가 시험지를 가지고 나왔다.

"선생님, 이거 잘못 채점했어요."

"그래? 어디 보자."

나는 기호가 손가락으로 가리킨 문제에서 눈을 멈추었다. 정답은 2번이었다. 그런데 기호는 정답을 1로 써서 틀렸다고 채점이 되어 있었다. 나는 금방 알 수 있었다. 기호가 1을 2로 고쳤다는 것을. 1을 2로 고친 아래와 윗부분의 색깔이 명백히 달랐다. 그러나 나는 아이의 말을 믿고 점수를 올려주었다. 그리하여 기호는 평균 90점으로 학

광주 살레시오초등학교의 현재 교장 선생님(박영희 수녀)과 아이들

"아침에 얻은 한 시간은 저녁에 보물이 됩니다.

단 1분의 시간도 보물이며 무한한 가치,

하느님만큼의 가치가 있습니다."

- 돈보스코

력장을 받게 되었다.

학력장 수여식 날, 상을 받은 기호는 오후 청소시간에 다른 날보다 더 열심히 청소를 하였으며 청소가 끝났는데도 웬일인지 집에 돌아가지 않았다. 기호에게 물었다.

"기호야, 왜 집에 안 가니?"

"선생님, 할 말이 있어요."

기호의 표정이 무척 어두웠다.

"그래, 말해봐라."

"여기서 말고 성당에 가서 할 거예요."

성당은 우리 학교 아이들에게 익숙한 공간이다. 아침에 등교하면 먼저 성당에 들른 후 교실로 간다. 이것은 학교의 전통으로 권장은 하지만 아이들의 자율에 맡긴다. 고요한 성당에서 두 손 모아 기도하는 아이, 인사를 꾸벅 하고 교실로 달려가는 아이, 무릎 꿇고 앉아 발가락만 꼼지락거리는 아이. 어떤 아이는 친구와 손잡고 들어와 서로 마주 보며 낄낄 웃다 나간다. 아주 잠깐의 멈춤이지만 이 순간만큼은 아이들 마음이 선으로 가득 찬다.

기호의 손을 잡고 학교 성당으로 갔다. 성호를 긋고 기도를 바치는데 기호가 울기 시작했다.

"기호야, 왜 그러니?"

"선생님, 제가 죄를 지었어요. 학력장을 타지 못하면 부모님께 혼날까봐 거짓말을 했어요."

기호는 크게 소리 내어 울었다. 나는 말없이 아이의 어깨를 토닥였다. 기호는 담임인 나에게 진정으로 하고 싶은 말을 했다.

"답이 틀린 건데⋯⋯ 2로 고쳤어요. 엉엉, 난 학력장 필요 없어요. 너무 힘들었어요. 선생님, 잘못했어요. 하느님은 저를 용서해주실까요?"

나는 며칠 동안 양심의 가책을 깊이 앓은 기호를 위로해주었다.

"기호야. 네가 정직하게 말했으니까 나도 너를 용서해줄 거고, 하느님께서도 너를 용서해주실 거야."

기호는 또 한 번 다짐하듯 말했다.

"저는 상장 필요 없어요."

우리는 다정히 손을 잡고 밖으로 나왔다. 햇살이 넓은 운동장을 포근히 비추고 있었다.

기호는 나를 보고 활짝 웃더니 집을 향해 저녁 햇살 속으로 달려갔다.

• 살레시오초등학교 www.salesio.es.kr

난 상장, 필요 없어요

진짜 성공하는 교육자가 되십시오.

돈보스코는 늘 이렇게 말했습니다. "한 젊은이가 날마다 단 1분이라도 기쁜 마음으로 조용히 기도한다면 그는 나쁜 행동을 하지 않을 것임을 확신하십시오."

교사는 학교에서 아이들을 이끄는 교육의 선두에 서 있으며, 학교는 아이들의 하루 생활의 중심이 되는 공간입니다. 따라서 교사의 말과 행동으로 나타나는 그의 가치관과, 학교라는 공간적 분위기에 영향을 받지 않는 아이들은 없습니다.

교사 수기 공모전에서 금상을 수상한 〈나는 실패한 교육자〉라는 제목의 글을 읽은 적이 있습니다.

"나는 오랫동안 고3 담임을 맡으면서 소위 우리나라 최고라는 대학에 많은 아이들을 합격시켰다. 당시 나의 목표는 언제나 점수 올리기. 그러기 위해 수단과 방법을 총동원하였으며 좋은 결과에 만족했다. 그러나 내가 합격시킨 그 많은 아이들 가운데 나를 인생의 스승이라며 찾아온 학생은 한 명도 없었다. ……돌이켜보니 나는 점수 올리기 교사에 불과했다. 학생을 오직 점수로만 대했던, 나는 참으로 부끄럽고 실패한 교육자다."

오래전 일이지만, 지금도 우리의 교육 현실은 그대로입니다.

복순이의 뺑튀기

뺑튀기도 아이스크림도 없는 날이 되고 말았다.

그럼에도 그녀에게는 감동적인 산책이었다.

...

엄마와 단 둘이 사는 복순이는 중1[*] 때부터 학교에서 유일하게 집으로 연락을 할 수 없는 아이다. 복순이도 신용불량자인 엄마도 휴대전화, 가정용 전화가 없다. 기초수급대상자에게 지급되는 최저생계비와 보름 일하면 열흘은 아프다고 누워 있는 엄마가 벌어온 일당으로 월세까지 내야 한다.

저녁기도 중에 수녀원 벨이 울렸다. 급하게 여선희 라우라 수녀를 찾는 손님이 찾아왔다. 현관 문을 열고 나가보니 고개 숙인 복순이와 너무나 죄송하다는 표정의 복순이 담임이 서 있었다. 두 사람의 딱한 사정은 이랬다.

아침에 복순이는 엄마와 대판 싸웠다. 등교하려고 신발을 신는데 엄마가 대뜸 하는 말이 "집에 먹을 것 없으니까 밥은 알아서 얻어먹고 와. 그리고 오늘 학교 가면 담임한테 5만 원만 꿔와라."

"뭐, 뭐, 뭐라고요? 헉, 기가 막혀. 어떻게 선생님한테 돈을……."

할 말을 잃은 복순이가 엄마를 째려보자, "야 이년아, 당장 집 나가" 하며 고래고래 악을 썼다. 엄마는 인생 포기자 같았다. 복순이는 그런 엄마의 발악에 진절머리가 났다. 만약 오늘 그냥 들어가면 엄마의 욕설은 계속될 것이고, 거기에 맞대응하여 엄마에게 욕을 퍼붓는 자기 모습을 상상하니 갑자기 무섬증이 밀려왔다.

수업이 끝난 학교 운동장에는 저녁 어스름을 지나 어둠이 내리고 있었다. 복순이는 그때까지 학교 뒤편 큰 벚나무 밑 벤치에 앉아 책을 보는 척, 친구를 기다리는 척하고 있었다. 그때 우연히 그곳을 지나가던 담임에게 발견되었다. 남자 교사인 그는 복순이를 집으로 보내긴 해야 하는데 밤중에 여학생을 데리고 간다는 게 망설여졌다. 또 담임한테 돈을 꿔오라고 한 복순이 엄마를 부끄럽게 만들고 싶지 않았다. 그래서 종종 복순이 건을 함께 상의했던 라우라 수녀에게 동반해달라고 부탁하러 온 것이다.

다세대주택가의 복순이네 집 대문은 휑하니 열려 있었다. 두 사람을 보더니 엄마는 한없이 초라해졌다.

"월세는 내야 하는데 몸이 아파 일도 못 나가고……. 그래서 담임선생님한테 5만 원 정도만 빌려오라고 했더니만 저년이 눈을 부라리며 욕을 하고 대들어서 나가 죽으라고 했네요. 자식에게 그런 말을 한 지는 사람도 아니구먼요."

라우라 수녀는 방 안을 둘러보고 깜짝 놀랐다. 살림살이라곤 없었다. 냉장고, 텔레비전도 없었다. 방바닥엔 옷 뭉치와 음식물 쓰레기들이 널려 있었다.

다음 날, 라우라 수녀는 교사들에게 복순이네 사정을 알리고 도움을 청했다. 그들은 중고 냉장고와 텔레비전을 가지고 왔다. 또 자기 자녀들이 입고 사용했던 물건들을 챙겨 학교에 들고 왔다. 라우라 수녀는 그 물건들을 복순이 엄마와 복순이에게 전달했다. 그러나 점차 그녀가 여러 가지 물건을 정성껏 전해주면 모녀는 당연히 받아야 하는 걸로 알았다.

감사는 습관이다

2학년이 된 복순이가 수학여행을 갈 무렵이었다. 때마침 외부 장학금이 들어왔다. 장학금 담당 교사는 교육복지 업무를 맡고 있는 라우라 수녀에게 물었다.

"수녀님! 이번 장학금은 누굴 주면 좋을까요? 추천 좀 해주세요."

라우라 수녀는 망설이지 않고 말했다.

"그야 당연히 복순이죠."

"복순이요?"

"네. 이번에 수학여행을 가는데, 여행비 절반은 학교에서 지원해준다고 했지만 사실 절반이 걱정되었거든요."

"그래요? 잘 됐네요. 그럼 복순이로 추천하겠습니다."

기쁜 소식을 접한 복순이 담임은 그녀를 찾아와 고마움을 표했다.

"수녀님! 내 새끼 추천해주셔서 정말 감사합니다."

"별 말씀을 다……."

이어서 담임은 라우라 수녀에게 가만히 복순이에 대한 염려의 마음을 비췄다.

"복순이가 장학금을 받아 좋긴 합니다만, 항상 자기는 가난하니까 받아야 한다고 여길까봐 우려가 됩니다."

담임도 그녀와 같은 생각을 하고 있었다.

"그건 그래요. 선생님, 그러면 감사 편지를 쓰게 하면 어떨까요?"

"그게 좋겠네요. 받았으면 감사 표시를 하는 게 당연하고, 복순이도 그런 예절을 배워야 할 것 같습니다."

"그렇고 말고요. 그럼 선생님께서 복순이에게 전해주세요."

"알겠습니다. 복순이가 쓰고 나면 수녀님께서 내용 한 번 봐주세요."

복순이가 처음 써온 감사 편지는 마음에 와 닿지 않았다. 진심으로 감사하는 마음으로 쓴 글이 아니기 때문이다. 그녀는 잠시 생각했다. '이번 기회에 무엇이 감사한지 구체적으로 가르쳐주자.'

라우라 수녀는 A4 용지와 작은 쪽지를 준비했다. 쪽지에는 감사 편지에 들어가야 할 몇 가지 내용이 적혀 있었다. '장학금을 주셔서 감사드립니다. 수학여행도 덕분에 잘 다녀왔습니다. 나의 꿈은 ○○ 인데, 열심히 꿈을 위해 노력하겠으며 미래에는 나도 다른 사람을 돕는 이가 되겠습니다'라는 내용을 담아서 복순이에게 감사 편지를 다시 쓰게 했다.

도담도담의 항구 수녀님

입학 때부터 세 분의 담임과 라우라 수녀의 각별한 관심을 받으며 복순이는 중3 졸업반이 되었다. 요즘 복순이는 학교 안에 있는 '도담도담' 교실에서 라우라 수녀를 더 자주 만난다. 도담도담은 돌봄이 필요한 아이들이 밤 9시까지 학교에 남아 저녁밥을 먹고 공부하고 함께 놀다 가는 프로그램이다. 평소에 아이들은 학교에서 교사나 수

살레시오여고 학생들

"내가 젊은이들에게 바라는 것은 오직 그들이
항상 기쁘게 지내는 것 외에 아무것도 없습니다.
죄를 짓지 않는 한 최대한 기쁘게 사십시오."

- 돈보스코

녀에게 먼저 다가오지 않는다. 그래서 그녀는 점심시간이나 쉬는 시간이면 교실을 돌아다니며 아이들에게 먼저 다가가 말을 건다.

"이 다음에 나랑 함께 살자."

"수녀님은 결혼하지 않잖아요!"

"당연히 결혼하지 않지."

"저는 아이를 낳고 싶거든요?"

이렇게 대꾸하며 지나가는 아이들이 대부분이다. 그러면서도 아이들은 항구에 배가 들어왔다 나갔다 하는 것처럼 그녀 곁에 정박하기도 하고 떠나기도 한다. 어느 때는 "수녀님! 먹을 것" 하면서 손을 쭉 내민다. 편안하게 말할 수 있는 말벗이 있다는 것만으로도 아이들은 그녀에게 위안을 얻는다. 힘들고 외로운 자신들의 이야기를 들어주고 함께 있어줄 사람이 필요한 아이들도 있다. 그래서 라우라 수녀는 도담도담에서 아이들과 함께 있어주기로 한 것이다.

"애들아, 오늘 저녁식사 후에 조대 장미공원으로 산책 가자."

그녀의 초대에 아이들은 며칠 전에 갔는데 또 가느냐며 고개를 저었다. 그때 복순이가 나섰다.

"저랑 같이 가요. 그리고 가다가 아이스크림도 사 먹어요."

"좋아. 그런데 아이스크림은 본인 돈으로 사 먹기다."

"좋아요."

두 사람은 산책길을 걷다 슈퍼에 들어갔다.

"수녀님, 제가 사드릴게요. 뭐 드실래요?"

"복순이가 사주려고? 괜찮아! 용돈 없잖아."

"괜찮아요. 이 정도는 사드릴 수 있어요."

"좋아. 그럼 난 다른 거 사줄래? 수녀님은 차가운 거 힘들거든."

그녀는 아이스크림 대신 뻥튀기를 택하고 부피가 크니 돌아오는 길에 다시 들르자며 슈퍼를 나왔다. 산책을 마치고 길을 내려오면서 라우라 수녀는 내심 의문이 생겼다.

'복순이가 과연 뻥튀기를 기억할까?'

아니나 다를까, 복순이는 아무렇지도 않게 슈퍼 앞을 지나쳤다. 그녀는 걸으며 생각했다.

'만약 내가 슈퍼 앞에서 "뻥튀기" 하고 말했다면? 아차, 하면서 복순이는 슈퍼 안으로 들어갔을 거야.'

뻥튀기도 아이스크림도 없는 날이 되고 말았다. 그럼에도 그녀에게는 감동적인 산책이었다. 복순이가 말로써라도 남에게 베풀 줄 아는 아이로 성큼 자랐다는 사실이 그녀 마음에 찡한 행복감을 주었다.

요즘 놀랍게도, 쉬는 시간에 복순이는 과자를 사 먹다가 그녀를 만나면 "수녀님, 드세요"라며 한 움큼씩 건네주기도 한다.

감사는 가장 고귀한 사랑의 표현입니다.

"은혜를 모르는 사람을 불쌍히 여깁시다. 왜냐하면 그는 불행한 사람이기 때문입니다"

돈보스코가 자주 되풀이했던 말씀입니다. 돈보스코는 교육의 성패는 '고마워할 줄 아는 마음'에 달려 있다고 했습니다. 고마워할 줄 아는 마음을 가진 아이는 교육을 제대로 받았으며, 충분히 알아듣고 그만큼 인격적 성장을 했다는 증거로 보았습니다.

'감사'는 가장 고귀한 사랑의 표현 중 하나입니다. 그러나 감사는 교육을 통해 아이들 마음에 주입시켜야 하는 것이기에, 부모와 교육자는 감사의 마음을 표현하도록 가르쳐야 합니다. 정답게 주는 감사의 선물, 감사의 마음을 표현한 편지, 말, 시선, 몸짓, 미소 하나로 감사 표시를 하도록 교육해야 합니다. 공손하게 전하는 감사의 표시는 사람 사이에 미묘한 기쁨과 행복, 마음의 통교를 느끼게 해줍니다.

돈보스코는 '감사의 날'을 정하여 자신에게 아이들이 감사를 표현하도록 교육하였습니다. 그의 교육 정신을 이어받은 세계 살레시오남녀수도회는 지금도 매년 '감사의 날'을 정하여 서로에게 감사를 표현하는 전통을 이어가고 있습니다.

나는 82세, 지금도 놀고 싶어요

떠나기 전, 그는 주님께 한 말씀 드릴 것이다.

"주님, 저 농구공 가지고 갈 거예요."

...

82세, 파란 눈동자의 노숭피 로베르토 신부는 어릴 적부터 항상 놀고 싶었고, 지금도 신나게 놀고 싶다고 말한다. 그는 고등학교 때까지 학교의 농구선수 대표였다. 주역할은 어떤 상황에서도 득점과 연결해야 하는 골밑 파워포워드. 농구선수로서는 키가 작은 편이지만 자신의 역할을 훌륭히 해내 가장 우수한 선수(MVP)로도 뽑혔다. 그는 친구들과 공을 가지고 노는 농구를 통해 인생을 배웠다고 말한다.

"팀워크를 해야 이기는 농구는 팀에 맞춰 양보도 해야 하죠. 둘 중 한 명이 슛을 하려면 한 사람이 양보합니다. 나도 잘하지만 나보다 더 잘하는 사람이 있고 내가 최고가 아니라는 걸 인정하는 것이지요. 잘하는 그가 팀의 핵심이 되면 그에게 맞춰야 성공할 수 있어요. 이기고 난 후의 기쁨은 모두의 것입니다. 시합에 졌을 때는 마음이 아프지만 그러나 실패에서 또 배웁니다."

숭늉과 커피를 사랑하는 노숭피 신부님

미국의 중서부 위스콘신 주 State of Wisconsin는 겨울이면 엄청나게 눈이 내렸다. 쌓인 눈의 높이가 어린 그의 눈에는 하늘에 닿은 것처럼 보였다. 철도청에서 일하는 아버지는 눈길을 헤치며 출근을 하고, 아이는 엄마를 따라 눈 위에 하얀 발자국을 남기며 성당에 갔다.

어느 겨울날이었다. 아이는 성당에서 선교사 신부님을 보았다. 그분은 눈처럼 하얀 수단을 입고 얼굴이 흰 수염으로 덮여 있었다. 눈부시게 멋있었다. 아이는 눈동자를 빛내며 엄마에게 가만히 말했다.

"엄마, 엄마, 나도 저 신부님처럼 될 거야."

엄마는 아들의 말을 흘려듣지 않았다. 사제의 길도 어려운데, 평생 가족과 고국을 떠나 사는 선교사 신부가 되겠다는 아들의 결심이 운명처럼 느껴졌다. 아이의 꿈은 실현되었다. 살레시오 사제가 된 그는 1956년, 태평양을 건너 그 옛날 조상들이 흰옷을 즐겨 입었던 '백의의 나라' 한국의 선교사로 지금 현존해 계신 것이다.

"나는 숭늉과 커피를 아~주 좋아해요."

'노숭피'라는 그의 한국 이름은 한국의 숭늉과 미국의 커피에서 한 글자씩 따와 자신의 성인 로버트Rovert에 붙인 이름이다. 사람들은 그를 '노 신부님'이라 부른다. 노 신부가 팔십 평생 가장 많이 쓴 말은? 단연 "좋아요, 아~주 좋아요"라는 것은 그를 만나본 만인이 다 아는 사실이다. 그래서 그의 또 다른 이름이자 별명은 '좋아요 신부님'이다.

"나는 아이들을 좋아합니다."

그는 중학교에서 아이들과 농구하는 교장이었다. 아이들은 농구공을 만지면서 그와 친해졌다.

올 봄, 그가 머물고 있는 광주 신안동 수도원에 남미로 이민을 간 졸업생 찬이가 찾아왔다. 노 신부와 찬이는 아주 오래된 농구 친구다. 찬이의 부친은 한국전쟁 때 전사하고 모친은 당시 중학교 교장인 노 신부가 살던 수도원 주방에서 일했다. 그때부터 노 신부와 까까머리 찬이는 운동장에서 농구를 하며 아주 친한 사이가 되었다.

자신을 닮은 두 아들의 손을 잡고 노 신부를 찾아온 찬이는 아직도 농구대가 있는 운동장을 보더니 대뜸 "신부님, 우리 농구하러 나가요. 멋있게 한 판 해요" 하며 일어났다.

둘은 즉시 밖으로 나가 운동장을 뛰어다니며 지상으로부터 3.05미터에 장착된 바스켓에 공을 던졌다. 노 신부는 옛날처럼 찬이에게 외쳤다.

"잘했다! 좋아, 잘하고 있어. 멋있게 들어갔다."

찬이가 공을 못 넣으면 "야 이놈아, 더 연습해"라고 외쳤다.

패스를 통해 배려를 배우다

전남 광주에서는 매년 청소년 아마추어 '돈보스코농구대회'가 열린다. 노승피 신부가 중학교 교장직을 맡고 있을 당시 창설한 것이다. 47회(2012년)라는 전통과 명성을 자랑하는 이 대회는 큰 상품을 주는 것도 아니고 기업의 홍보를 위해 열리는 것도 아니다. 오로지 농구를 사랑하는 청소년들에게 꿈과 희망 그리고 그들이 마음껏 뛸 수 있는 공간을 만들어주기 위한 진정한 의미의 농구대회다.

돈보스코농구대회의 특징은 적은 참가비로 최고의 게임을 즐길 수 있다는 것이다. 단합이 절실히 요구되는 정식 5 대 5 농구를 심판이 지켜보는 가운데 진행하며, 전후반 15분씩, 준결승부터는 20분에 루스 타임까지 적용하여 최대한 정식 농구를 즐길 수 있게 대회를 이

끈다. 그럴 수 있는 것은 무료로 체육관을 빌리고, 프로급 심판이나 운영요원들이 모두 자원봉사자이기 때문이다. 참가한 청소년들은 순수한 기쁨을 발산하며 정정당당하게 경기를 치른다. 가끔 오판이라 판단되어도 불평하지 않는다. 자신들을 위해 고생하고 있는 고마운 어른들이기 때문이다.

대회가 가까워지면 농구를 좋아하는 청소년들의 사연이 인터넷 게시판을 달군다.

〈농구하는 아이들(JSK)〉 카페의 '오리훈제' 팀입니다. 저희 팀은 겨울방학에 광주 돈보스코농구대회에 출전했습니다만 아쉽게도 두 명이 못 나가서 네 명밖에 뛰지 못했습니다. 농구에 대한 열정, 우정만 가지고 계시면 됩니다. 카페 〈농구하는 아이들〉에 많은 가입을 부탁드리고 팀이 없으시다면 저희 팀으로 한번 문의주세요.

노 신부는 2012년 1월 29일부터 8일간 열린 돈보스코농구대회의 개막 시구를 맡았다. 전국에서 모여든 청소년 선수들과 가족들, 준비 임원, 자원봉사자 등 800여 명이 체육관을 가득 메웠다.

82세의 노 신부가 반짝이는 하얀 머릿결에 살인 미소를 띠고 등장하자 모든 관객과 선수들이 기립박수를 아끼지 않았다. 그는 먼저 동서남북을 돌며 90도 각도로 한국식 인사를 하고, 자신 있게 공을 던

"아이들에게 그들이 좋아하는
소리 지르기, 달리기, 뛰기에 대한
자유를 넉넉히 줍시다. 체육이나
음악, 낭독, 연극, 소풍은 아이들을
순종하게 하며, 도덕성 함양과
건강을 위해서도 가장 효과적인
방법입니다."

– 돈보스코

돈보스코농구대회에서
시구하는 노승피 신부

져 올린 뒤 우레 같은 박수 소리를 들으며 유유히 퇴장하려 했으나 아뿔싸, 날렵한 그의 손을 떠난 공이 바스켓 밖으로 떨어지고 말았다. 그러자 체육관 안에는 우렁찬 함성이 울려 퍼졌다.

"한 번 더, 한 번 더, 한 번 더……."

그는 용기가 났다.

"오케이, 한 번 더 할게요!"

두 번째 시구는 라인 밖에서 3점 슛, 성공이었다. 모두가 기뻐하는 환호성을 들으며 그는 노장 선수답게 다시 한 번 사방을 돌면서 절을 하고, 양손의 검지와 장지로 V자를 만들어 보이며 관객에게 감사 표시를 했다.

여전히 현장에서 일하는 노 신부는 농구의 매력을 이렇게 말한다.

"농구의 생명은 패스입니다. 패스는 서로에 대한 배려이고 슛의 기쁨을 아이에게 주는 것이며, 아이는 슛의 기쁨 속에서 다른 사람을 배려하고 사랑하는 기술을 배워갑니다."

이 말은 농구뿐만 아니라 공을 가지고 노는 모든 놀이에 해당되는 매력이기도 하다. 그래서 그는 농구만 주창하지 않는다. 그는 골프 선수이기도 했다. 청소년 시절 골프장에서 캐디 아르바이트를 하면서 골프를 배워 지역대회에서 여러 차례 수상한 이력도 있다.

"내 나이 82세지만 지금도 나는 신나게 놀고 싶어요."

노 신부는 돈보스코농구대회에 이어 '돈보스코야구대회'도 개최

되길 희망한다. 그의 집무실 문을 열면, 맞은편 옷걸이 밑에 아이들과 노 신부의 손때가 묻은 농구공이 놓여 있다. 오늘도 아이들이 부르면 바로 공을 들고 나갈 태세다.

노숭피 신부님. 머지않아 그는 이 세상을 떠나 하늘시 천국동으로 자리를 옮길 것이다. 떠나기 전, 그는 주님께 한 말씀 드릴 것이다. 그 옛날 일곱 살 때 엄마에게 했듯이.

"주님, 저 농구공 가지고 갈 거예요."

돈보스코 예방교육 영성

놀지 못하는 청소년은 환자입니다.

청소년에게 놀이를 막는 것은 살지 말라는 것과 마찬가지입니다. 놀이는 시간을 죽이기 위한 무의미한 장난이 아닙니다. 놀이에서 청소년은 자신을 표현하고 자신의 세계를 구축하며, 본능적인 두려움을 이기고 자기 안에 있는 잠재력을 의식합니다. 또 놀이를 통하여 공격적인 정신에서 해방되고 고독감을 극복합니다.

놀지 못하는 청소년은 환자입니다. 자유롭게 놀지 못하게 제지받는 아이들은 신경질적이거나 콤플렉스가 있는 어른이 되기 쉽습니다.

돈보스코는 청소년들에게 이렇게 격려합니다.

"나의 사랑하는 청소년들아! 뛰어놀아라. 죄가 되지 않는 한 마음껏 즐겨라."

또 교육자들에게는 이렇게 권고합니다. "만약 운동장에서 이루어지는 활동의 중요성을 이해하지 못한다면 교육 체계는 무너집니다. 무엇보다 교육자는 운동장에서 제자들과 함께할 시간을 내야 합니다."

운동은 청소년들의 불덩이 같은 에너지를 가장 건전하게 발산하는 놀이입니다. 발산되어야 할 에너지를 억압하면 썩거나 다른 길을 찾아 폭발하기 마련입니다. 최근 학교 폭력사태 극복 및 대안모색 좌담회에서 한 교사가 한 말이 지금도 아프게 남아 있습니다.

"아침부터 저녁까지 혈기 넘치는 30~40명의 학생들을 한 공간에서 생활하게 하면 싸움이 날 수밖에 없죠."

5월의 꽃향기여, 5월의 노래여

아이들은 서로서로 맞잡은 손목에 힘을 주며 눈으로 대화를 주고받았다.

'야, 함께하잖아. 떨지 말고 해!'

...

예슬이는 몇 시간째 컴퓨터 앞에 앉아 있다. 인터넷으로 가고 싶은 고등학교를 찾는 중이다. 중3인 예슬이의 성적은 현재 최상위급이다. 그래서 부모는 물론 학교에서도 잔뜩 기대를 하고 있다. 예슬이가 컴퓨터를 멈추더니 의자를 돌려 맞은편 소파에 앉아 있는 엄마에게 말한다.

"엄마, 나…… 고등학교는 엄마 학교 갈래."

그 말에 엄마는 하던 뜨개질을 멈춘다. 자신도 그쪽으로 마음이 없진 않았으나 딸이 먼저 말을 꺼내리라 생각하지 못했다. 예슬 엄마는 속으로 좋으면서도 딸에게 물었다.

"왜?"

예슬이는 멈칫멈칫하면서 선뜻 대답하지 않았다. 엄마가 다시 물었다.

"거기는 공부도 많이 안 시키는데, 왜 엄마 학교를 선택해?"

그제야 예슬이는 진지한 표정으로 말했다.

"그 학교는 뭔가 여유가 있고 특별해. 엄마 학교는 5월이면 그 뭐 행사하잖아? 합창대회도 하고 촛불행렬도 있고……. 나는 그런 것들이 맘에 들고 좋아."

예슬 엄마는 속으로 참 다행이다 싶고 뿌듯했다.

'그래. 네가 원하는 대로 해라. 공부 잘하는 것은 한순간이지만 학창시절 그 행사, 그 추억은 30년이 지나도 생생히 떠오른다.'

엄마 학교의 아주 특별한 축제

정순자 아녜스 수녀도 해마다 5월이 돌아오면 라일락꽃 향기 속에서 그 시절, 그 노래 소리를 듣는다. 갓 고등학교에 입학하여 적응하기도 힘든데 담임 선생님은 4월 어느 날 조회시간에 힘주어 말했다.

"지금부터 딱 한 달 후에 우리 학교의 가장 중대한 행사가 있습니다. 그러므로 우리 반 모두가 똘똘 뭉쳐서……."

'선생님, 아직 학교 적응도 힘들고 서로에 대해서도 도통 모르는데 어떻게 행사를 치러요?'

아녜스 수녀를 포함한 반 친구들은 속으로 이런 말을 하며 앉아 있었다. 그날부터 5월 행사를 앞두고 아이들은 정신없이 날고 뛰어다니며 한 달을 보낸다. 아마 1학년 전체가 그렇게 토끼처럼 뛰면서 보냈을 것이다.

'합창대회'를 알리는 벽보가 붙었다. 지정곡과 자유곡, 채점 방법, 심사 방식에 대한 내용이 적혀 있었다. 자유곡 선정, 지휘자, 반주자, 의상, 율동 등 모든 것을 학생들이 알아서 준비하는 것이 절대 원칙이었다.

도통 뭔지 모르겠지만 시간이 없다는 촉박함이 밀려왔다. 그날 오후, 반 아이들은 모두 모여 합창대회 준비를 위한 회의를 시작했다. 먼저 자유곡 선택을 해야 한다. 영화 〈사운드 오브 뮤직〉에 나오는 '도레미송'을 하느냐, '마더 오브 마인드mother of mind'를 하느냐, 아니면 다른 걸로 하느냐를 놓고 치열하게 토론했다. 한 표 차이로 자유곡이 선정되었다. 다음은 반주자를 뽑기 위해 피아노에 재능 있는 친구들을 수색했다. 찾고 보니 꽤 여러 명이 나타났는데 그중 교회에서 성가반주를 하고 있는 정연이가 뽑혔다. 지휘자는 반장인 나영이가 만장일치로 통과됐다.

아 맞다. 의상, 의상은? 의상은 반장과 몇몇 친구들이 함께 다니면서 나중에 결정하고, 우선 합창 연습이 더 중요하니 내일부터 시작하기로 하고 회의를 마쳤다. 이렇게 긴 시간 동안 서로 자기 의견을 표현하고 의사결정을 하는 사이 여러 타 중학교에서 온 낯선 아이들의 마음은 점점 하나가 되어갔다. 다음 날부터 아이들은 수업 시작 전마다 애교를 떨었다.

"선생니임~, 수업 5분만 일찍 끝내주세요. 네?"

자비하신 선생님은 3분 전에 끝내주었다. 아이들은 피아노가 있는 일곱 교실 중 한 곳을 찾아 모두 도망가듯 달렸다. 다른 반보다 먼저 가서 한 번이라도 더 연습하기 위한 필사적 투쟁이었다. 그러나 모든 반 아이들의 심정이 똑같았다. 아무리 날며 뛰며 넘어지면서 달려가도 벌써 다른 반 아이들이 피아노 주변에 모여 노래 연습 중일 때가 허다했다. 점심시간은 언제나 합창 연습 후 밥이었다. 오전 수업 종료 벨이 울리자마자 반장인 나영이는 애가 탔다.

"빨리빨리 모여."

"나, 화장실 좀……. 금방 올게."

특별한 저음의 보유자 화진이가 오늘도 음을 올리라는 친구들 권고에 삐쳤다.

"이 음이 진짜거든?"

목소리가 큰 순영이한테도 아이들의 권고가 이어졌다.

"넌 노래는 잘하는데 소리를 약간 줄여봐. 응?"

순영이 역시 삐쳤다. 반주자도 중간에 삐치고, 노래를 부르다 서로서로 삐치고 삐치면서 아이들은 변해갔다. 시간이 갈수록 불협화음은 한 목소리로 모아졌다. 노래를 정말 못 부르는 송희는 일명 '넘순이(페이지터너)' 역할을 맡았다. 반주자 옆에서 긴장을 풀지 않고 있는 송희에게 아이들은 노래를 부르며 속마음을 전했다.

'송희야, 네가 정말 중요한 역할인 걸 알아, 몰라?'

뭐니 뭐니 해도 가장 애쓰는 반장이 갈수록 안쓰럽다. 나영이는 한동안 꿈속에서도 지휘봉을 칼춤 추듯 휘둘렀단다. 팔과 허리가 아파 잠도 못자고 생전 터지지 않던 코피까지 쏟았다. 정보쟁이 희수는 틈만 나면 정보의 폭을 넓혔다. 쉬는 시간마다 이 반 저 반 돌아다니며 이 친구 저 친구에게 정보를 캤다.

"야, 너희 반 자유곡이 뭐야?"

자유곡이 같으면 불리하기 때문이다. 의상 정보도 필요하다. 아녜스 수녀네 반은 하얀 블라우스에 교복 치마를 입기로 결정했다. 희수가 피아노 교실이 비었다는 정보를 입수하면 아이들은 우르르 학급 대이동을 순식간에 해치웠다. 학교는 아이들의 합창 연습 소리가 요들송처럼 끊이지 않고 이어졌다.

한 가지, 아녜스 수녀네 반이 유리한 조건이 있었다. 합창대회는 학교 대강당에서 열리는데 직접 강당 무대에 서서 연습하는 것은 각 반마다 두 번씩으로 정해져 있었다. 그런데 아녜스 수녀네 반은 대강당 바로 옆이었다. 그래서 정해진 두 번에다 기를 쓰고 추가 두 번의 기회를 더 만들었다.

토요일과 일요일에도 학교에 모여 연습을 했다. 대회가 코앞으로 다가온 이삼 일은 더더욱 한 번 더, 한 번 더 연습하자는 쪽으로 마음이 일치했다. 학원도 빠지자는 의견이 분분했다. 야식은 빼놓을 수 없는 우리들의 생명줄이자 기쁨. 숫자가 많아 떡볶이는 못 사 먹고, 아이스크림과 빵을 선택했다.

합창대회는 반 학생 전원이 참가해야 한다는 규칙이 있었다. 이것은 불변의 원칙이었다. 만약 한 명이라도 빠지면 감점을 먹고 들어가야 했다. 그래서 아이들은 연습 때 보이지 않는 친구들을 목숨 걸고 찾아 나섰다. 하기 싫다는 친구는 살살 달래고, 아파서 결석한 친구가 있으면 조를 짜서 병문안을 갔다.

페이지터너 넘순이까지, 모두 한 역할

그해 4월 한 달을 아이들은 합창 연습을 하면서 보냈다. 서먹했던 반 아이들과 급속도로 친해지고 우정도 깊어졌다. 한 명이 빠지면 감점된다는 조건 때문에 모두가 소중한 친구라는 사실이 아이들 마음속에 각인되었다.

본 대회 날이다.

평소 체육 수업 때는 그렇게 썰렁하고 넓어 보였던 대강당이다. 의자로 꽉 채워지고 심사위원석, 내빈석 등을 온갖 화분과 팻말로 꾸며 놓은 그날의 대강당은 정말 큰 행사를 치른다는 걸 알려주었다.

한 달 동안 서로 격려하며 끝까지 함께 달려온 아이들. 그 순간 내색은 안 했지만 각자 '나 지금 떨고 있니?' 묻고 있었다. 수능 수험생의 심정 못지않았다. 아이들은 서로서로 맞잡은 손목에 힘을 주며 눈으로 대화를 주고받았다.

'야, 함께하잖아. 떨지 말고 해!'

'알았어!'

강당 밑과 좌우 스탠드에 전교생을 비롯한 내·외빈으로 꽉 찼으나 무대 위에서 돌덩이처럼 굳은 아이들 눈엔 그들이 하나도 보이지 않았다. 그 와중에 지휘자 나영이가 씨익 웃으면서 신호를 보내니 언제 떨었는가 싶게 아이들은 태연하게 노래를 부르기 시작했다.

'상을 받지 못해도 좋다. 부디 떨지만 말아다오.'

그랬던 마음은 사라지고 '우리가 일등할 거야'라며 어느새 욕심쟁이가 앉아 있다. 우레와 같은 박수를 받고 무대에서 내려와 발표를 기다렸다. 화음과 음질, 악상 표현, 표정과 율동, 입·퇴장 질서, 관람 태도 등이 점수에 포함된다.

1학년들의 노래는 단조롭지만 1년 경력이 있는 2학년 선배들의 무대는 난이도 높은 노래들로 탄성을 자아냈다. 민첩한 진행과 깔끔함이 정말 합창대회의 느낌이 났다. 율동으로 우산을 들고 코믹한 장면을 연출하는 여유도 보였다.

모든 합창이 끝나고 드디어 점수가 발표되는 순간이다. 최우수상, 우수상, 장려상, 인기상, 지휘자와 반주자에게 주는 개인상이 있다. 아녜스 수녀네 반은 장려상을 받았다. 아이들은 떨듯이 기뻤다. 아무것도 모르는 상태에서, 서로 낯선 상태에서, 그러나 가슴 가득 설렘으로 이날을 준비했기에 최우수상이 부럽지 않았다. 최선을 다했다는 사실 하나로 1천여 명의 전교생이 환호성과 함께 박수를 치고 기뻐했던 그 시절 그 추억.

5월의 꽃향기여, 5월의 노래여……

상은 우리 모두의 것이다

2012년 5월 11일. 예슬 엄마와 아녜스 수녀의 모교에서는 변함 없이 '제41회 아욱실리움 합창발표대회'가 열렸다. 초대된 심사위원

"어른들은 아이들이 좋아하는 것을 사랑해야
아이들도 어른들이 좋아하는 것을
사랑하게 됩니다."

- 돈보스코

중 유명한 음대 교수는 그날 대강당에 모인 학생들에게 다음과 같이 말했다.

"여러분의 맑고 고운 합창소리를 들으며 참으로 진한 감동을 받았습니다. 제가 그동안 많은 심사평을 해봤지만, 이 많은 학생들이 이렇게 한 마음 한 뜻으로 경청하면서 잘 들어주는 합창대회는 거의 없었습니다. 제 딸도 이 학교 졸업생입니다. 50년 역사가 빛나는 모교에 대한 자부심으로 교복을 아직도 간직하면서 무슨 일이 있으면 꺼내보고 잊지 못하는 이유를 오늘 여기 와서 알았습니다. 노래를 잘하고 못하고는 두 번째입니다. 50년 전통을 이어가는 합창대회 자체가 자랑스럽고, 여러분 모두에게 상을 주고 싶습니다."

제1부 합창대회가 막이 내리면 전교생이 제2부 촛불행사를 위해 운동장에 모인다. 한 손에 하얀 촛불 하나, 마음속에 소원 가득 품고서…….

어쩌면 이 시대, 이 사회의 분위기와는 역행하는 학교일지 모른다. 빡세게 공부도 시키지 않는다. 일류 학교 합격률도 높지 않다. 그럼에도 졸업생들은 대세에 적당히 흘러가지 않고 인생의 추억을 심어주는 이 학교를 졸업했다는 자부심이 누구보다 대단하다.

● 살레시오여고 salesio-g.hs.kr

학생들에게 축제의 공간으로서 학교를 돌려주십시오.

"음악이 없는 학교나 집은 영혼이 없는 육신과 같습니다."

돈보스코의 말씀입니다. 축제는 오랫동안 억눌렸던 생명의 폭발이며 산소를 공급하여 되살려내는 호흡과도 같습니다. 음악, 연극, 소풍, 놀이의 축제에서는 모두가 주인공이며 그렇게 참여한 후에는 새로운 신뢰와 열성으로 일상의 삶과 임무로 돌아옵니다.

합창대회는 인간 교육 차원에서 접근한다는 의미에서 교육적 가치가 있습니다. 입학하여 모든 것이 낯선 새 학교, 새 학년, 새 친구들이 모여 4월 한 달 동안 학생회를 중심으로 준비하는 축제는 서로의 소중함을 자연스럽게 알아가고 하나로 뭉치는 과정입니다.

하루 24시간 중 잠자는 시간을 제외한 거의 모든 시간을 학교에서 보내는 청소년들에게 학교 공간이 추억이 없는 시험 장소로만 남아 있다면 참으로 슬픈 일입니다. 학교의 주인공인 학생들에게 그들이 좋아하는 노래, 연극, 춤, 놀이의 공간을 돌려주어야 합니다. 학생들의 감성을 발산하는 축제를 되살려줄 때 친구들 사이의 왕따나 폭력은 사라질 것입니다.

2011년 대회에는

새로운 합창단이 무대에 섰습니다.

자녀들의 축제에 감동받은 재학생 어머니들이

스스로 조직한 합창단(살레시오여고 마자렐로 합창단)입니다.

어머니 합창단은

매년 특별 출연할 계획입니다.

11

아름다운 이별이란

택배 박스를 뜯으면서 속으로 생각했어요.

끝까지 희망을 붙잡아야 한다고요.

…

　새로운 아이가 센터˚에 입소하면 원장 수녀는 아이의 두 손을 잡고 가만히 이렇게 말해준다.

　"수정아! 너는 우리 집에 온 귀한 선물이야."

　더러운 운동화, 입으로 물어뜯어 닳고 단 손톱, 어리바리한 두 눈동자와 어쩔 줄 몰라 하는 표정……. 생각해보라, 여기까지 오게 된 과정을. 붙잡혀서 재판을 받고, '나는 이제 어디로 갈까?' 하며 얼마나 마음 졸였겠는가. 그래서 우리는 가장 먼저 아이의 오그라든 마음을 펴주려 애쓴다. 그리고 헤어질 때는 떠나는 아이 마음에 '그래도 여기 사는 동안은 따뜻했어'라는 추억이 담기도록 신경 쓴다. 아프고 슬픈 사연이 많은 아이들에게, 그간 자신이 여기서 어떻게 살았든 퇴소할 때는 아름다운 뒷모습을 남기자고 기회 있을 때마다 되풀이해서 말해준다.

"마무리를 잘하고 떠나는 것을 뭐라고 하지요? 네 글자로 말한다면?"

"유종의 미요."

아름다운 만남과 헤어짐은 떠나는 이만의 몫도, 남는 자만의 몫도 아니다. 서로의 세심한 배려를 통해 가슴에 피어나는 꽃이다.

아름다운 마무리, 유종의 미를 위하여

수정이가 한 손에 든 자기 옷을 보여주면서, 민지에게 다가가 귀에 대고 소곤거린다.

"민지야, 이 옷 예쁘지? 이거 네 화장품하고 바꾸면 안 될까?"

민지는 속으로 펄쩍 뛴다. 자기가 너무 아끼는 화장품인데 '안 돼!' 하지만 거절하자니 수정 언니한테 미안해서 살짝 핑계를 댄다.

"그런데 언니, 여기서는 물건 바꿔 쓰면 안 되잖아요."

민지는 얼른 말을 하고선 자리를 피했다. 며칠 후 민지가 화장품이 없어졌다며 저녁 당직 선생님께 달려와 울고불고 난리가 났다. 그때 샤워를 마친 수정이가 젖은 머리를 타월로 감싸고선 스르르 나타나 무슨 일이냐고 물었다. 그리고 평소처럼 공손한 말투로 당직 선생님께 조언을 한다.

"선생님, 이럴 때는 아이들에게 묻고 다녀봤자 소용없어요. 오늘은 그냥 계시다가 내일 오전에 애들이 수업 받는 교실에 다 들어갔을 때 돌아야 찾을 수 있어요."

그리고 덧붙이는 말, "선생님 저어, 잠깐 1층 개인 사물함에서 물건 좀 꺼내올게요."

그러고는 계단을 내려갔다.

1층 양호실에는 퇴소를 앞두고 집으로 보낼 수정이 짐이 놓여 있었다. 그리고 한참 후였다. 갑자기 수정이 행동이 마음에 걸린 당직 교사는 팀장인 유미화 마리아 수녀에게 알렸다. 형사 콜롬보도 혀를 내두르는 미화 수녀의 직감은 수정이의 소행으로 결정짓고 재빨리 양호실에 놓인 짐을 찾았으나 이미 발송된 상태였다. 하필이면 그 밤에 택배 아저씨가 와서 수정이 짐을 가져간 것이다. 그녀는 택배 사무실에 전화를 걸어 수정이의 물건을 반송해달라고 부탁했다. 다음 날 수정이의 짐이 도착했다. 사과박스 위에는 검정 매직으로 수정이가 쓴 글씨가 선명했다.

'수정이 짐? 집에 갈 때까지 열지 마세요!!^^'

바보……. 노란 테이프를 뜯고 박스를 열어보니 잃어버린 민지의 화장품이 맨 위에 있었다. 급히 넣느라 숨기지도 못한 것이다. 튜브로 된 화장품 겉면에는 '민지 것'이라는 글자가 눈을 부릅뜨고 있었다.

그때부터 미화 수녀의 고민이 시작되었다. 퇴소 5일을 앞두고 이런 일을 저지른 수정이를 어떻게 할까? 알고서 그냥 보낼 수는 없고…….

그러나 수정이에게 단도직입적으로 물어본들 결과는 안 봐도 비디오다. 그 순간은 자신의 소행을 인정할지 모르나 센터를 떠나고 나서는 두고두고 기분 나빠할 것이다. 서로 좋은 얼굴로 헤어져야 하는데, 어떻게 하는 게 수정이를 위해 가장 좋을까?

하루가 지났다. 미화 수녀는 원장 수녀를 찾았다. 두 사람은 의견을 모았다. 미화 수녀는 예쁜 편지지에 친필 편지를 썼다.

수정이 동의 없이 짐을 열어봐 미안하다. 짐 속에 있는 화장품은 수정이 것이 아니기에 주인에게 돌려주려고 꺼냈다.

그리고 봉투에 편지를 넣어 수정이 짐 박스에 넣었다. 그러면서 미화 수녀는 생각했다. 아직 수정이가 퇴소하려면 나흘이라는 시간이 남았다. 그러니 기다려보자. 그 사이 스스로 찾아와서 잘못을 고백하면 너무 고맙고, 아니면 수정이에게 고백할 기회를 만들어줄 수도 있다.

수정이의 퇴소 전, 5일에서 이틀이 남았다. 수정이는 겉보기엔 평상심을 잃지 않고 잘만 지냈다. 미화 수녀와 원장 수녀만 시간이 갈수록 조급해졌다. 결국 수정이 주위를 맴돌며 말을 흘렸다.

"수정아, 민지 화장품은 누가 가져갔을까?"

"진짜, 누가 그랬는지 모르겠어요."

"참, 안 됐다. 그거 바를 때마다 마음이 편하지 않을 텐데, 그치?"

"글쎄 말이에요."

원장 수녀는 그날 밤 아이들이 모두 모인 자리에서 〈두 형제〉 이야기를 해주었다.

"어느 작은 섬에 두 형제가 살았는데, 이 둘은 남의 물건을 훔쳐서 마을 사람들로부터 손목 위에 지워지지 않는 도장을 받았어요. 이 도장은 이들이 도둑이라는 걸 알려줬어요. 동생은 너무 분하고 창피해서 그 섬을 떠나 다른 곳으로 갔어요. 거기서도 동생은 도둑질하는 버릇을 고치지 못하고 계속 남의 물건에 손을 댔어요. 그러나 형은 잘못을 뉘우치고 고향에서 성실하게 하루하루 살았어요. 그러다 보니 형은 자기 손목 위에 도장이 새겨져 있다는 사실을 잊어버렸어요. 마을 사람들도 마찬가지였어요. 세월이 흘러 할아버지가 된 형은 어느

새 그 섬의 지도자로 사람들에게 가장 존경받는 인물이 되었답니다."

이야기를 듣고도 수정이는 눈도 꿈쩍하지 않았다. 원장 수녀는 안 되겠다 싶었다. 이렇게 여러 번 고백할 기회를 줬으나 소용없는 일. 편지도 부질없다 싶어 미화 수녀와 함께 수정이의 짐 박스를 다시 뜯고 편지를 꺼내고선 세 번째로 테이프 붙이는 작업을 끝냈다. 그러나 생각과 고민은 계속되었다.

이번에는 집으로 돌아간 수정이의 모습을 그려보았다. 달님도 별님도 모르게, 아무도 모르게 짐 속에 넣어 보낸 화장품. 수정이가 집에 도착하여 자기보다 먼저 와 있는 짐 박스를 짠, 하고 열어본다. 그런데 이게 웬일? 꿈에 그리던 화장품은 온데간데없고 썰렁, 무슨 편지? 화장품과 바뀐 편지는 설사 금으로 사방을 떡칠했더라도 수정이 눈에 들어오지 않을 것이다. 수정이에겐 오직 화장품이니까.

그러나, 희망은 갈지 못했어요

이제 내일 아침이면 수정이는 떠난다. 미화 수녀와 원장 수녀는 해가 뉘엿뉘엿 기울 무렵 외출 준비를 하고 밖으로 나갔다. 세 정류장을 걸어 도로 왼쪽 가구매장 옆에 있는 화장품 가게의 문을 열고 들어갔다. 미화 수녀는 판매원에게 가지고 온 화장품을 보여주며 똑같은 제품을 달라고 했다. 다시 센터에 돌아온 두 사람은 우선 새로 산 화장품 겉에 매직으로 '수정이 것'이라고 쓴 다음, 포장지 중에서 가장 예쁜 종이를 골라 포장을 했다. 그 위에 분홍 망사 끈으로 리본도 만들어 달았다. 포장을 끝낸 미화 수녀는 두 번째 편지를 썼다.

사랑하는 수정아! 수정이에게 양해를 구하지 못하고 택배를 열게 되었단다. 네 것이 아닌 물건이 짐 속에 들어 있어서 꺼내느라 그 랬어. 수정이가 집에 가면서 화장품이 필요했다는 것을 몰랐구나. 그래서 원장 수녀님께서 새 것으로 준비해주셨어. 똑같은 상표는 못 구했으나 최대한 비슷한 것을 골랐단다. 6개월 동안 열심히 생활하고 퇴소하는 수정이가 대견하구나. 언제 어디서나 감사하는 마음으로 기쁘게 생활하길 바란다. 너 자신을 믿고 사랑하며 세상에 꼭 필요하고 좋은 사람이 되렴. 수정아, 예쁜 교복 입고 찾아와라. 환영할게.
　　　　　　　　　　- 수정이를 사랑하는 마자렐로센터 가족이

이튿날 아침, 수정이 엄마가 딸을 데리러 왔다. 원장 수녀와 미화 수녀는 며칠 동안 일어난 수정이 건에 대해선 침묵했다. 초등학교 6학년 때부터 가출, 화장, 술, 담배, 절도, 본드 흡입을 한 딸로 인해 지쳐 있는 엄마. 두 모녀가 새롭게 시작하려는 판에 찬물을 끼얹지

　　　　　　　　　　　　　　　　아름다운 이별이란

않기 위해서다.

수정이가 웃으며 촐랑촐랑 센터 식구들에게 인사를 했다. 두 수녀님도, 그리고 사라진 화장품이 누구의 소행인지 모를 리 없는 민지를 포함해 센터 식구들도 수정이를 향해 이별의 손을 흔들었다. 그날 오후 '수정이 것'이라고 적힌 화장품이 담긴 박스가 발송되었다.

며칠이 지났다. 나는 미화 수녀에게 커피 한 잔을 권하며 그때의 심정을 넌지시 물었다.

"수정이의 택배 박스를 여러 번 뜯으면서 속으로 생각했어요. 그 친구에게 희망을 갖는다는 것은 교육자 스스로 희망을 놓지 않을 때 가능하다, 끝까지 희망을 붙잡아야 한다고요. 마지막 테이프를 붙이면서는, 희망은 그 아이 것도 되지만 희망은 분명 교육자의 몫이라는 확신이 들었어요. 그래서 몇 번 테이프를 뜯고 파쇄기에 쓴 편지를 갈았지만 그러나, 희망은 갈지 못했어요."

어느덧 나와 미화 수녀는 눈물을 훔치고 있었다.

● 마자렐로센터 www.mcmain.or.kr

돈보스코 예방교육 영성

· ·

아이의 잘못을 지적하느라 희망을 갈아버리진 않았습니까?

어떤 방식으로 교정을 하고 처벌을 할 것인가? 어떤 언어, 어떤 태도를 가져야 하는가? 돈보스코는 이 문제에 관해 분명하고도 엄격한 규칙을 제시합니다. 그는 화난 목소리, 거만한 태도, 비웃는 행동을 엄금했습니다. 창피를 주거나 화나게 만들 수 있는 언어는 더욱더 금했습니다.

"마음을 흥분시킨다거나 모욕적인 언사는 내뱉지 마십시오. 현재에 대해서는 많이 공감해주고, 미래에 대해서는 희망을 주십시오. 이것이 참다운 교육자의 모습을 보여줄 수 있는 유일한 방법입니다."

그는 또 교육자들에게 부탁합니다.

"아이들이 좋은 느낌을 가지고 기숙사를 떠나는 것이 아주 중요합니다. 먼 훗날 그들이 더 잘 알게 되면 우리의 친절을 기억할 것이며 자신의 행동을 고치게 될 것입니다. 우리의 훈계와 행동을 떠올리며 우리가 그들의 진정한 친구임을 깨닫게 될 것입니다."

수정이의 꿈은 카지노 딜러입니다.

유혹이 많은 직업이지요.

그때마다 센터에서 이별했던 기억이

수정이에게 나침반이 되길 희망합니다.

민지의 화장품은 현재 보관함에 있습니다.

민지가 퇴소할 때 줄 계획입니다.

누군가의 손길이 있다

그녀가 바라보는 사람의 인생은 넘기는 페이지마다 신이 함께 있었다.

그래서 그 어떤 사람도 '소중한 존재'에서 제외될 수 없었다.

…

살다 보면 모든 것은 지나간다. 그렇게 힘들었던 시간, 기뻤던 순
간, 잊지 못할 추억, 고통의 시기도 다 지나가는 법. 사라진 세월 뒤를
훑다 보면 그제야 알게 된다. 우리 인생에는 인간의 힘으로 할 수 없
는 일들이 있다는 것을.

그래서 사람들은 말한다.

산다는 것은 인력으로만 되는 게 아니라고. 그때 그 일, 그때 그 순

간은 도저히 내 힘으로 된 게 아니라며, 인간의 힘을 초월한 그 무언가의 손길을 우리는 인정하게 된다.

하느님이 준비하신 무궁화 나라의 선교사

강렬한 태양빛과 구름 한 점 없이 파란 이탈리아의 밀라노 하늘 아래, 소녀의 집 정원에는 이름 모를 나무 한 그루가 있었다. 친구네 집 정원에는 없는 나무다. 소녀는 의문이 생겼다.

'왜 우리 집에만 있지?'

8월이면 나무에는 분홍과 보랏빛의 요염한 꽃잎을 가진 꽃들이 매일 새벽 피었다가 오후에 오므라들기 시작하여 해질 무렵 꽃이 떨어졌다. 소녀는 그 꽃을 참 좋아했다. 왜 그런지 모르지만 그 나무가 아주 신비롭게 느껴졌다.

소녀는 훗날 선교사(살레시오수녀회˙)가 되어 한국에 도착했다. 현재 82세 나이로 이 땅에 현존해 있는 아드리아나 브릿키 수녀는 그때를 이렇게 회상한다.

"한국에 와서 그 꽃 이름이 '무궁화'라는 걸 알았어요. 또 내가 그렇게 좋아했던 그 꽃이 한국의 '국화'라는 것을 알았을 때 하느님이 그때부터 이미 나를 한국에 선교사로 보내려고 준비하셨구나 싶었어요. 세월이 많이 흐른 후, 잠깐 이탈리아의 집에 갔을 때 그 나무는 없었어요."

아드리아나 수녀는 한국에서 당시 중학교 입학이 어려운 청소년들을 위해 주·야간 학교를 세웠다. 비록 공설 학교였지만 중학교 졸업이 인정되었다.

신앙의 나라에서 날아온 아드리아나 수녀는 이 땅의 청소년들에게 공부만 주입시키지 않았다. 인생은 지식만으로 사는 게 결코 아니다. 인간적 노력을 초월하는 영적인 도움이 반드시 필요하다. 그래서 그녀는 안 되는 것도 되게 하는 믿음과, 절망 속에서도 벌떡 일어설 수 있는 희망의 메시지를 청소년들의 머리, 가슴, 생각에 기회가 없으면 만들어서라도 심어주었다. "너희가 믿는 대로 될 지어다"라는 확고한 신념을 갖게 한 것이다. 학교에 신앙 행사가 있을 때마다 학생들에게 확신에 찬 말을 자주 해주었다.

"우리 오늘 하느님께 자기 마음속에 있는 소원을 말씀드려요. 하느님께 편지를 써서 드리고 그것을 믿으면 반드시 이루어집니다."

세월은 흘렀다. 학교를 졸업한 소녀들은 엄마가 되었다. 아드리아나 수녀도 주름 많은 노인이 되었다.

한여름의 어느 날 노르웨이에서 한 통의 전화가 왔다. 졸업생인데 그녀를 만나러 온다는 것이었다. 남편과 두 아이들을 데리고 아드리아나 수녀 앞에 나타난 졸업생은 어떻게 자신이 그 먼 노르웨이까지

가게 되었는지 이야기했다.

"수녀님이 하느님께 편지를 쓰라고 했을 때, 저도 소원을 담아 썼어요. '하느님, 제 소원은 부자한테 시집가는 겁니다. 그러니 외국인과 결혼할 수 있도록 도와주세요'라고요. 그때 저는 키 크고 코도 길쭉한 외국인은 모두 부자라고 생각했거든요."

졸업생은 어느 날 신문을 뒤적이다 외국에 가고 싶은 사람들을 모집한다는 광고를 발견했다. 신문 귀퉁이에 아주 작게 실린 광고 내용을 자세히 읽어보니 외국으로 나가기 위해서는 이런저런 서류가 필요하다고 쓰여 있었다. 졸업생은 망설이지 않았다.

그러나 이내 아연실색, 서류 준비 과정에서 읽어야 할 내용들이 모두 영어로 되어 있었다.

"학교 졸업 후에도 영어를 열심히 공부했어요. 아무리 그래도 중학교만 졸업한 제가 어떻게 그걸 다 읽겠어요. 그런데 누군가가 뒤에서 계속 나를 도와준다는 느낌을 받았어요. 결국 저는 그 많은 서류를 혼자 다 준비했고, 드디어 선발이 된 거예요. 어디서 그런 힘이 났는지 모르겠어요."

졸업생 옆에 앉아 있는 노르웨이인 남편은 아내가 말하는 모습을 너무나 사랑스럽게 바라보았다.

당신은 항상 보물이고, 하느님께 아주 소중한 젊은이입니다

아드리아나 수녀는 120명의 직장 여성 기숙생들과도 생활했다. 그 녀는 학생들에게 했던 것처럼 기숙생들에게 언제나 생활 속에서 긍정의 메시지를 던졌다. 예를 들면 기숙사 현관 안내실 앞의 작은 바구니 속에 좋은 말씀이 적힌 쪽지를 놓아두었다. 매일 아침 기숙생들은 출근하기 위해 현관문을 열기 전, 바구니에 담긴 쪽지 하나를 뽑아 읽었다.

하루는 기숙생 한 명이 쪽지를 뽑아 들고 굉장히 당혹스런 모습으로 서 있었다. 쪽지에는 '다 끝났다'라고 적혀 있었다. 예수님께서 십자가에 못 박혀 돌아가시기 직전에 하신 말씀이다. 그 기숙생은 깐깐한 사장님 때문에 직장을 그만둘까 말까 하루하루 고민하던 차에 이런 글귀를 뽑은 것이다. 아드리아나 수녀는 기숙생의 상황을 이미 알고 있었기에 얼른 가까이 가서 그 의미를 희망적으로 해석해주었다.

"걱정하지 마세요. '그렇게 힘들어하던 날들이 오늘로서 끝났다. 이제 다시 시작할 수 있다' 이런 뜻입니다."

그녀의 해석에 기숙생은 언제 그랬는가 싶게 밝은 표정으로 "다시 시작해야지!" 하며 기쁘게 출근했다.

봄과 가을이면 기숙생들과 소풍을 갔다. 그때마다 그녀는 작은 것이라도 120명 모두에게 줄 개인 선물을 준비했다. 선물도 그냥 건네지 않았다.

벙어리장갑을 주면서는 "너의 손으로 하는 모든 일들이 다른 사람에게 도움이 되게 하자."

양말 한 켤레를 건네며 "이 양말을 신고 기쁨의 발걸음을 하세요."

머리에 꽂는 핀을 손에 쥐어주며 "이 꽃핀을 꽂을 때마다 화관을 쓴 기분으로 생활하세요."

기숙생들은 요즘도 그녀를 찾아와 이런 고백들을 한다.

"수녀님이 해주신 말씀이 살면서 아주 큰 힘이 되요."

그때마다 아드리아나 수녀는 말한다.

"무슨 말을 했는지 나는 기억이 없어요. 다만 한국말이 서툴러도 인생 곳곳에서 만나는 큰 손길에 대해 얘기했어요. 고통이 찾아왔을 때 우리가 보는 세상은, 우리 눈이 요만큼이어서 요만큼밖에 보지 못해요. 그러나 그 고통이 얼마나 우리의 성장에 유익하고 다른 사람에게도 도움이 되는지 반드시 알게 될 테니 용기 내라, 당신은 항상 보물이고 하느님께 아주 소중한 젊은이라는 걸 말해주었죠."

그녀가 바라보는 사람의 인생은 넘기는 페이지마다 신이 함께 있었다. 그래서 그 어떤 사람도 '소중한 존재'에서 제외될 수 없었다.

1967년, 폭발적인 인기를 누린 대중가요 노래 가사는 이렇게 이어진다.

길을 가다가 사장님 하고 살짝 불렀더니

열에 열 사람 모두가 돌아보네요.

사원 한 사람 구하기 어렵다는데

왜 이렇게 사장님은 흔한지 몰라요…….

흥겨운 리듬에 맞춰 걸걸한 목소리의 여가수가 부르는 이 노래는 인간이라면 똑같은 마음, 즉 존중받고 대우받고 싶은 심리를 위트 있게 담고 있다. 소위 학연, 지연, 혈연 등 연줄이 없는 사람들은 기를 펴고 살기 어려운 것이 지금도 우리 사회의 현실이다. 존중과 대우도 연줄에 비례한다고 해도 과언이 아니다. 하지만 굳건한 신앙의 연줄로 이어진 아드리아나 수녀는 달랐다. 신앙은 세상과 모든 피조물에 대한 존중에서 시작되는 사랑이다. 그래서 이 땅에서 그녀가 만나는 모든 남성의 호칭은 사장님, 선생님이다.

택시를 타고 내리면서도 기사에게 "선생님, 당신은 정말 훌륭하십니다."

우체국 배달원에게도 "사장님, 당신은 좋으신 분 같아요."

건설 현장에서 일하는 인부에게도 "사장님, 고맙습니다. 사장님은 예술가이십니다."

이런 일도 있었다. 어느 날 새벽, 수녀원에 도둑이 들어왔다. 도둑은 그 시간에 수녀들이 몽땅 미사 참석차 성당에 간다는 것을 알고 있었다. 그는 수녀원 내부를 여유롭게 뒤졌다. 그러나 커다랗고 웅장한 집 안에는 방들만 즐비했고, 방 안에는 침대와 책상과 작은 농 하나뿐이었다. 정말 재수 옴 붙은 날이었다.

도둑이 나가려고 막 문을 열다 그만 문턱에 걸려 넘어지는데 그녀와 눈이 마주쳤다. 미사 중에 기분이 이상해서 밖으로 나온 그녀는 놀라서 외쳤다.

"선생님, 선생님, 다친 데는 없어요?"

그녀의 말에 더 놀란 도둑은 헉, 한 번 뒤돌아본 뒤 줄행랑을 쳤다. 그녀는 달아나는 도둑에게 손짓까지 하면서 또 외쳤다.

"사장님, 사장님, 조~~~심하세요. 넘어집니다."

시간이 흐른 뒤 알게 되는 누군가의 손길

지금 아드리아나 수녀 곁에는 눈으로 보이는 젊은이들은 없다. 그러나 나이와 더불어 젊은이들에 대한 존중과 사랑은 더욱 깊어만 간다.

"비록 지금은 젊은이들과 같이 살지 않지만, 내가 하고 있는 하루하루 일상의 일들을 젊은이들을 위해 바칩니다."

이것이 그녀가 하루 일과를 소중히 여기는 이유다. 그녀는 아침 9시에 사무실에 출근하여 정확하게 8시간 근무를 한다. 축일에는 함

"기도하는 것은 좋습니다.
그러나 타인들을 돕는 것이,
더 좋습니다."

- 돈보스코

아드리아나 수녀

께 사는 수녀들을 위해 당신이 잘하는 이탈리아 전통 음식인 스파게티와 샐러드, 케이크를 만든다. 운동이 필요하면 밭에 있는 작물을 돌보거나 부엌에서 필요한 야채를 손질해준다.

모든 것은 지나간다. 지나온 길을 되돌아보면 그곳에는 나 혼자 걷지 않은 발자국이 있다. 지난 뒤의 세월을 훑다 보면 누군가의 손길이 있었다는 것을 사람들은 뒤늦게 알게 된다.

얼마 전, 아드리아나 수녀는 체리 한 박스를 택배로 받았다. 누굴까? 그녀는 박스 위에 적힌 전화번호를 눌렀다. 보낸 이는 그녀와 함께 살았던 기숙생이었다. 밝고 명랑한 목소리의 기숙생은 그녀에게 말했다.

"최근 들어 수녀님이 많이 생각나요. 저, 지금 마흔이 넘었어요. 결혼하여 두 아이를 낳고 이사하는 것도 힘이 드는데, 수녀님은 완전히 다른 환경에서 얼마나 힘드실까 생각해보니 태산을 옮기는 것보다 더 힘들 것 같았어요. 사실 저는 수녀님이 일정 기간 계시다 고국으로 가신 줄 알았는데 지금까지 봉사하며 사시잖아요. 정말 이건 인간의 힘만으로는 안 될 것 같아요. 불가능해요……."

• 살레시오수녀회 www.salesiansisters.or.kr
  살레시오수도회 www.salesio.kr

청소년들에겐 영적인 도움이 필요합니다.

"우리에게 맡겨진 청소년 한 사람 한 사람에 대하여 기도할 시간을 내야 합니다. 이 것이 그들을 알고 그들을 돕는 가장 좋은 방법입니다. 여러분이 기도를 하면, 여러 분이 심은 두 개의 낟알은 네 개의 이삭을 낼 것입니다. 하지만 아이들을 위해 기도 할 시간을 낼 수 없다면 그들 문제의 주변만 빙빙 돌게 될 것입니다."

돈보스코는 부모와 교육자들에게 말합니다. 또한 돈보스코는 청소년들이 기도 를 한다면 악습 예방은 물론, 능동적이고 적극적으로 올바른 생활을 해나갈 수 있 다는 진리를 잘 파악하고 있었습니다. 마음과 영혼의 고통을 겪고 있는 청소년들에 게는 인간적 노력을 초월하는 영적인 도움이 필요하기 때문입니다. 아주 어려울 때 기도로써 도움을 청하는 것은 성숙의 표시이며 청소년들은 기도를 하면서 자기 마 음을 다스릴 수 있는 힘을 기릅니다. 돈보스코는 종교 없이는 청소년 교육이 불가 능하다고 말합니다. 종교다원주의 국가 한국에서 예방교육의 종교는 인간 본성에 깔려 있는 '양심' 또는 '종교적 심성'이라고 풀이해봅니다. 사물의 가치를 변별하고 자기 행위에 대한 옳고 그름과 선악의 판단을 내리는 도덕적 가치라는 의미로 설명 될 수 있습니다.

교황 요한 바오로 2세는 교육과 종교가 일치를 이루는 돈보스코의 예방교육을 향한 애정을 아낌없이 드러내셨습니다. "세월이 아무리 흘러도 돈보스코 예방교육 의 가치, 그의 직관력, 행동방식, 카리스마는 변함이 없습니다. 그의 교육방식은 하 느님의 초월적인 교육학으로부터 영감을 받았기 때문입니다."

"맨 끝자리에 있는 아이를

구원할 수 있다면

희망은 채워지는 것입니다."

－돈보스코

에필로그

십대에 만난 나의 돈보스코

나의 십대는 얼어붙은 겨울이었다.
아버지의 사업 실패로 학교마저 압류당한
나는 가장 가난한 소녀였다.
그 꽁꽁 언 시절에 그분을 만났다.

책가방 없는 소녀는
하루하루 공처럼 뒹굴다
중졸中卒 이력서를 들고
을지로에 있는 출판사에 취직했다.

266   에필로그

소녀는
'사환'으로 돈을 벌면서
얇은 지폐뭉치에 꿈을 눌러버렸다.
쉽게 살고 싶었다.

1년이 흘렀다.
그분이 공채 합격 사원으로 들어왔다.
'김양'이라 부르는 다른 어른들과 달리
소녀를 '인숙 씨'라 불러줄 때
어색했으나 존중받는 것 같았다.

퇴근 길, 어느 날
그분이 막내뻘 소녀를
조용한 찻집에 데리고 가
준비한 말을 심어주었다.

"여기서 멈추기엔 아까운 나이에요.
하고 싶은 것을 포기하지 말아요."
처음이자 마지막이던 짧은 몇 마디
소녀는 픽, 웃었다. 당신이 뭘 안다고…….
하지만 나쁘게 살면 안 될 것 같았다.

그분이 사직서를 썼을 때
소녀는 알고 있었다.
좋은 곳과 원하는 곳은 다르다던
그분은 늦었으나 꿈을 향해 떠났다.

나는 사람들 이름을 잘 기억 못한다.
그러나 그분의 이름 석 자는
죽을 때까지 못 잊는다.
머리가 아닌 마음이 알고 있기에

그분
가난한 소녀의 이름을 불러주고
존중해주고
포기한 꿈을 흔들어 깨운 그분은
십대에 만난 나의 돈보스코였다.

돈보스코 예방교육자의 10계명

1. 예방교육자는 청소년들을 위해 기도하는 사람이다.

2. 예방교육자는 청소년과 함께 배우고 성장하는 사람이다.

3. 예방교육자는 자기 성화를 위해 노력하는 사람이다.

4. 예방교육자는 낙관적이며 기쁨으로 살아가는 사람이다.

5. 예방교육자는 인내하고 기다릴 줄 아는 사람이다.

6. 예방교육자는 청소년들 안에 현존하고 투신하는 사람이다.

7. 예방교육자는 청소년들이 사랑받고 있음을 느낄 때까지 사랑하는 사람이다.

8. 예방교육자는 청소년들의 마음을 온유와 친절로 사로잡는 사람이다.

9. 예방교육자는 청소년들을 존중하는 사람이다.

10. 예방교육자는 청소년들로부터 사랑받는 사람이다.

참고문헌 **돈보스코 예방교육 관련 서적** (*출간일 순)

《돈보스코처럼 교육합시다》칼로 데 암브로죠 지음, 살레시오수녀회 옮김, 성요셉출판사(1987)

《돈보스꼬의 회상》E. 체리아 지음, 김을순 옮김, 돈보스코미디어(1998)

《살레시오 청소년 사목》후안 E. 베씨 지음, 서정관 옮김, 돈보스코미디어(1998)

《예방교육영성》벤자민 푸토타 지음, 이선비 옮김, 돈보스코미디어(1998)

《하느님의 사람》E. 체리아 지음, 서정관 옮김, 돈보스코미디어(1999)

《살레시오 영성》A. 카빌리아 지음, 서정관 옮김, 돈보스코미디어(1999)

《살레시오 수사》E. 비가노 지음, 이선비 옮김, 돈보스코미디어(1999)

《청소년교육 돈보스코와 함께》살레시오수도회 지음, 돈보스코미디어(1999)

《돈보스꼬 365》W. C. 코넬 지음, 이선비 옮김, 돈보스코미디어(2004)

《살레시오 성인들》살레시오회 엮음, 돈보스코미디어(2004)

《돈보스코의 꿈》살레시오수녀회 지음, 살레시오수녀회(2007)

《친구가 되어주실래요?》이태석 지음, 생활성서사(2009)

《청소년의 마음을 여는 살레시오 교육 영성-3S 행복 트라이앵글》김용은 지음, 위즈&비즈(2009)

《돈보스코: 역사와 정신 I·II》아서 렌티 지음, 이선비/강연중 옮김, 돈보스코미디어(2010)

《돈보스코의 첫 번째 제자 돈 루아》피터 라핀 지음, 살레시오회 옮김, 돈보스코미디어(2010)

《너는 젊다는 이유 하나로 사랑받기에 충분하다》김인숙 지음, 한겨레출판(2010)

너는 늦게 피는 꽃이다

© 김인숙 2013

초판 1쇄 발행 2013년 1월 4일
초판 5쇄 발행 2018년 10월 31일

지은이 김인숙
펴낸이 이상훈
편집인 김수영
기획편집 오혜영 이미아 허유진
마케팅 조재성 천용호 박신영 조은별 노유리
경영지원 이해돈 정혜진 이송이

펴낸곳 한겨레출판(주) www.hanibook.co.kr
등록 2006년 1월 4일 제313-2006-00003호
주소 서울시 마포구 효창목길6(공덕동) 한겨레신문사 4층
전화 02) 6383-1602~1603 **팩스** 02) 6383-1610
대표메일 happylife@hanibook.co.kr

ISBN 978-89-8431-647-8 03810